Elena Dallorso
Francesco Nicchiarelli
Küsse für die Köchin

PIPER

Zu diesem Buch

»Danke für das Rezept. Du schläfst also auch nicht.«
Alles beginnt mit einem Austausch von Kochrezepten im Internet: Hier lernen sich Francesca, eine Bibliothekarin aus Mailand, und Fabio, ein Ingenieur aus Rom, kennen. Beide kochen liebend gern, doch da die Website nur von Frauen besucht wird, ist Fabio auf der Plattform unter dem Chatnamen »Maria« unterwegs.
Bald schon kommen die beiden sich näher, schreiben sich private E-Mails und tauschen sich nicht mehr nur über Rezepte aus. Francesca ist begeistert von ihrer neuen »Freundin« im Netz, Fabio verliebt sich in sie. Eines Tages überrascht ihn Francesca mit dem Vorschlag, sich doch einmal zu treffen ...

Elena Dallorso stammt aus Ligurien, hat für das Fernsehen und in einem Verlag gearbeitet. Heute lebt die Journalistin mit ihren beiden Töchtern in Rom.

Francesco Nicchiarelli ist Ingenieur und wurde in Rom geboren, wo er auch heute lebt und arbeitet. Er ist verheiratet, hat zwei Söhne und eine kleine Produktionsfirma.

Der erste Roman des schreibenden Duos wurde in Italien ein Überraschungserfolg. Ob sie auch zusammen kochen, ist nicht bekannt.

Elena Dallorso
Francesco Nicchiarelli

Küsse für die Köchin

Roman

Aus dem Italienischen von
Christiane Landgrebe

PIPER

Mehr über unsere Autorinnen, Autoren und Bücher:
www.piper.de
www.thiele-verlag.com

Wenn Ihnen dieser Roman gefallen hat, schreiben Sie uns unter Nennung des Titels »Küsse für die Köchin« an *empfehlungen@piper.de*, und wir empfehlen Ihnen gerne vergleichbare Bücher.

Unser Versprechen für mehr Nachhaltigkeit
- Klimaneutrales Produkt
- FSC®-zertifiziertes Papier
- Hergestellt in Europa

FSC www.fsc.org
MIX
Papier | Fördert gute Waldnutzung
FSC® C083411

Ungekürzte Taschenbuchausgabe
ISBN 978-3-492-31920-1
September 2022

Titel der italienischen Originalausgabe: »Signoramia«

Vermittelt durch die Agentur Grandi & Associati
Umschlaggestaltung: Christina Krutz, Biebesheim am Rhein
Umschlagabbildung: ardea-studio/shuterstock.com; Astaru/Shutterstock.com
Satz: Christine Paxmann • text • konzept • graphik, München
Gesetzt aus der Goudy
Druck und Bindung: CPI books GmbH, Leck
Printed in the EU

Für
Annagrazia, Sofia und Angelica

Tonnarelli cacio e pepe

Tonnarelli mit Pecorino
und frischem Pfeffer

Mistressinthekitchen.com

Zutaten
500 g Tonnarelli oder 400 g Spaghetti
200 g Pecorino
Pfeffer nach Belieben

Dies ist ein klassisches Gericht der römischen Bauernküche. Man braucht nur wenige Zutaten: Der kräftige Geschmack des Pecorino romano mischt sich mit dem des frisch gemahlenen schwarzen Pfeffers in einer sämigen Soße. Das Rezept von Cacio e pepe ist einfach, gerade deshalb müssen die Zutaten von bester Qualität sein.

Man bringt in einem Topf Salzwasser zum Kochen (nicht zu viel Salz, der Pecorino romano hat bereits einen sehr kräftigen Geschmack). Geben Sie die Spaghetti ins kochende Wasser. Inzwischen reiben Sie den Pecorino in eine Schüssel. Geben Sie eine Kelle von dem Kochwasser dazu und verquirlen Sie es mit dem Pecorino, bis eine glatte Masse entsteht. Würzen Sie das Ganze dann reichlich mit dem schwarzen Pfeffer. Gießen Sie die Spaghetti ab, wenn sie al dente sind (heben Sie das Kochwasser auf), und schütten Sie sie in die Pecorino-Sauce. Rühren Sie vorsichtig um, bis sich die Sauce durch die Stärke in der Pasta bindet und sämig wird. Sollte noch etwas Wasser unten in der Schüssel sein, fügen Sie ein wenig mehr Pecorino hinzu. Erscheinen Ihnen die Spaghetti zu trocken, gießen Sie noch ein wenig von dem Kochwasser hinein, bis die Sauce die richtige Konsistenz hat. Streuen Sie noch etwas frisch gemahlenen Pfeffer darüber und servieren Sie die Pasta. Spaghetti Cacio e pepe müssen gleich gegessen werden.

chiccafree: Eine Frage
Muss man unbedingt Pecorino romano nehmen? Ich wohne in Mailand und bekomme ihn hier nicht so ohne Weiteres. Kann man auch sardischen nehmen?

misstressinthekitchen.com
Ciao, chiccafree, am besten passt Pecorino romano zu diesem Rezept, und zwar mittelalter. Wenn du keinen findest, kannst du auch sardischen nehmen, aber das verändert den Geschmack ein wenig. Der Trick ist, dass man den Pecorino mit dem Kochwasser mischt. Während die Pasta kocht, gibt sie Stärke ins Wasser ab, und daraus wird zusammen mit dem Pecorino eine sämige Sauce.

@chiccafree:
Ciao, chiccafree, ich heiße Maria und bin Expertin in Sachen Cacio e pepe. Ich mache es mit Tonnarelli, man kann aber auch Spaghetti nehmen, denn ich glaube nicht, dass man in Mailand Tonnarelli findet. Theoretisch ist Cacio e pepe sehr einfach, in der Praxis aber schwierig, denn aus dem Pecorino muss eine cremige Sauce werden und es ist nicht einfach, die richtige Konsistenz hinzubekommen. Gibt man zum Beispiel zu viel Wasser hinein, wird der Pecorino klumpig und die ganze Pasta bleibt trocken. Es gibt verschiedenste Schulen, wie man Cacio e pepe am besten zubereitet, und alle haben ihre Anhänger. In letzter Zeit mache ich Cacio e pepe so, dass ich

die Pasta mit wenig Wasser direkt in eine leicht angewärmte Pfanne gebe. Ich gieße sie ganz langsam aus dem Topf, in dem das Wasser gekocht hat, denn das Wasser ist nach dem Kochen voller Stärke (oder Gluten, oder was immer es ist). Dann füge ich den geriebenen Pecorino romano mit dem gemahlenen Pfeffer hinzu, die Flamme drehe ich aus (sonst wird der Käse klumpig), und vermische alles gut mit den Tonnarelli, bis das Ganze schön cremig wird.

Du kannst im Netz viele Zubereitungsarten von Cacio e pepe finden, aber meine Variante ist etwas origineller (ich habe sie mir teilweise in einem Restaurant abgeguckt und dann noch mit zusätzlichen Zutaten verfeinert).

@maria:
Danke für den Tipp, Maria, das klingt sehr gut. Ich heiße übrigens Francesca. Ich lebe in Mailand und habe ein Faible für die römische Küche. Leider habe ich mich bisher noch an kein Rezept herangewagt. Wie sieht denn deine Variante aus? Verrätst du sie mir?

@chiccafree:
Ja, klar, ich schicke dir mein Rezept, aber lieber an deine E-Mail-Adresse.

@maria:
Hier ist sie, es ist die vom Büro: f.frigerio@beniculturali.it
Ich bin sehr neugierig.

Von: mariacolucci@hotmail.com
An: f.frigerio@beniculturali.it
Betreff: Marias Cacio-e-pepe-Rezept
3. Januar 2017, 19:44

Ciao, Francesca,
mein Rezept enthält noch Artischocken, und zwar in zwei unterschiedlichen Varianten, in Wasser und Öl gekocht und in Öl gebraten und knusprig. Man schneidet einen Teil der Artischocken in mittelgroße Stücke, die man in Wasser und Öl kocht (natürlich auch mit Salz), bis sie ganz weich sind. Den Rest, etwa die Hälfte, schneidet man in Lamellen, ganz dünne Streifen, die man mit Mehl bestäubt und frittiert, bis sie schön knusprig sind. Bei mir werden sie nie gleich. Manchmal werden sie braun und richtig kross, manchmal nehme ich sie etwas eher aus der Pfanne, dann sind sie auch knusprig, aber noch ein bisschen weich und goldbraun. Ich mag sie lieber, wenn sie nicht zu dunkel und zu trocken werden. Das Schwierigste ist das richtige Timing. Man muss ja das Cacio e pepe zusammen mit den Artischocken zubereiten. Am Ende mischt man die weichgekochten Artischocken unter die Pasta, dann legt man Nester aus Tonnarelli auf die Teller und streut darüber die frittierten Artischocken. Ich hoffe, ich habe mich verständlich ausgedrückt, Francesca, wenn du noch Fragen hast, beantworte ich sie dir gerne.

Von: f.frigerio@beniculturali.it
An: mariacolucci@hotmail.com
Betreff: Re: Marias Cacio-e-pepe-Rezept
3. Januar 2017, 19:56

Maria, müssen es denn römische Artischocken sein?

Von: mariacolucci@hotmail.com
An: f.frigerio@beniculturali.it
Betreff: Re: Re: Marias Cacio-e-pepe-Rezept
3. Januar 2017, 20:01

Nein, nicht unbedingt. Die römischen sind größer und rund und deshalb besser geeignet, wenn man sie im Ganzen kochen will. Du solltest aber nach Artischocken suchen, die wirklich nach Artischocken schmecken, und das, liebe Francesca, ist heute manchmal gar nicht so einfach. Ich gebe dir mal meine Mobilnummer (3283296654). Wenn du beim Kochen schnell einen Tipp brauchst, schick mir eine SMS oder eine Whatsapp. Ciao!

Von: f.frigerio@beniculturali.it
An: mariacolucci@hotmail.com
Betreff: Re: Re: Re: Marias Cacio-e-pepe-Rezept
3. Januar 2017, 20:10

Danke, Maria! Ich probiere es gleich aus, deine Variante mit den Artischocken klingt wirklich köstlich. Ich würde die römische Küche gern besser kennenlernen. Kannst du mir dabei helfen?

Von: mariacolucci@hotmail.com
An: f.frigerio@beniculturali.it
Betreff: Grundsätzliche Fragen
3. Januar 2017, 20:22

Sehr gerne, Francesca, aber vorher möchte ich dich etwas fragen: Hast du jemals die klassischen römischen Rezepte ausprobiert – wie Carbonara, Amatriciana, Coda della vaccinara, Coratella? Ich lüge nicht, wenn ich behaupte: Es lohnt sich!

Von: f.frigerio@beniculturali.it
An: mariacolucci@hotmail.com
Betreff: Re: Grundsätzliche Fragen
3. Januar 2017, 21:45

Wie gesagt – ich bin ein großer Fan der römischen Küche, aber in Mailand findet man sie außer in einem Restaurant, das allerdings als das beste gilt, so gut wie gar nicht. Ich selbst koche ganz anders. Ich habe mich zwar schon an ein paar von diesen Gerichten versucht, aber ich weiß nicht, ob das den römischen Originalrezepten wirklich nahekommt. Jedenfalls hat es mir bisher niemand so richtig beigebracht. Vielleicht suchst du ein Rezept aus und erklärst mir dann, was ich zu beachten habe? Heute Abend probiere ich jedenfalls erst mal deine Cacio e pepe aus, allerdings habe ich keine Tonnarelli im Haus, nur Maccaroni – geht es damit auch?

Von: mariacolucci@hotmail.com
An: frigerio@beniculturali.it
Betreff: Re: Re: Grundsätzliche Fragen
3. Januar 2017, 21:58

Ja, die kann man auch nehmen, aber man verwendet nicht ohne Grund Tonnarelli, sondern weil sie eckig sind und nicht rund. Tonnarelli bieten somit mehr Oberfläche als Spaghetti oder Maccaroni, ein rechteckiges Profil hat immer mehr Fläche als ein Zylinder …

Von: f.frigerio@beniculturali.it
An: mariacolucci@hotmail.com
Betreff: Rechteckiges Profil
3. Januar 2017, 22:11

Liebe Maria, du redest wie ein Ingenieur! Ich bin etwas verwirrt: Kann ich nun Maccaroni nehmen oder nicht?

Von: mariacolucci@hotmail.com
An: f.frigerio@beniculturali.it
Betreff: Re: Rechteckiges Profil
3. Januar 2017, 22:15

Sicher! Und entschuldige bitte meine theoretischen Ausführungen, das ist so eine Marotte von mir. Ciao, lass mich wissen, wie dir mein Rezept geschmeckt hat. Liebe Grüße!

Luz an Francesca
Noch mal vielen Dank für den schönen Abend gestern! Und deine römische Pasta war besonders gut! Gibst du mir das Rezept? Küsse
10:44

Francesca an Luz
Danke! Ich habe das Rezept von einer Frau, die selbst einen Küchen-Blog hat. Sag mal … Ist das mit dem Typ, den du gestern mitgebracht hast, was Ernstes?
10:48

Luz an Francesca
Das ist einer vom Tangokurs. Er tanzt fantastisch.
10:55

Francesca an Luz
Hat er noch andere Qualitäten? Tischmanieren kennt er jedenfalls nicht. Er isst wie ein Schwein.
10:55

Luz an Francesca
Ähäm …
10:55

Francesca an Luz
Na, wenigstens ist er ein guter Tänzer. Das ist ja schon mal was.
10:56

Luz an Francesca
Kommst du Mittwochabend zum Spinning?
10:57

Francesca an Luz
Ich weiß nicht, ob ich die Kinder unterbringen kann. Carlo ist auf Dienstreise.
10:58

Luz an Francesca
Carlo ist ja wirklich nie zu Hause. Kannst du nicht deine Mutter fragen?
10:59

Francesca an Luz
Nicht so einfach. Mittwochs spielt sie immer mit ihren Freundinnen Karten.
10:59

Von: f.frigerio@beniculturali.it
An: mammafrigerio@tiscali.it
Betreff: Bitte, bitte
9. Januar 2017, 18:30

Liebe Mama,
ich weiß, übermorgen ist Mittwoch, und wahrscheinlich spielst du da Burraco mit deinen Freundinnen, aber ich wollte dich daran erinnern, dass du mir eigentlich versprochen hattest, mir mit den Kindern zu helfen, »wenigstens einmal pro Woche, denn wenn wir uns unter uns vielbeschäftigten Frauen nicht helfen, kommen wir nie an die Macht« (genauso hast du es gesagt!). Ich will keinen Geschlechterkampf anzetteln, aber ich würde sehr gern mit meiner Freundin ins Sportstudio gehen. Du selbst hast gesagt, dass man nach einer Schwangerschaft unbedingt darauf achten muss, in Form zu bleiben, und darüber hinaus werde ich verrückt, wenn ich nur arbeite und mich um die Kinder kümmere. Noch dazu (und das vor allem) habe ich den Kurs schon für ein halbes Jahr bezahlt. Wenn ich gewusst hätte, dass du nie Zeit hast, Oma zu sein, hätte ich das Geld lieber ins Fettabsaugen investiert. Da hat man dasselbe Ergebnis, es ist aber weniger anstrengend.

Von: mammafrigerio@tiscali.it
An: f.frigerio@beniculturali.it
Betreff: Erpressung
9. Januar 2017, 19:00

Liebe Francesca,
ich weiß wirklich nicht, woher du diese Art hast, anderen Schuldgefühle zu machen und sie zu erpressen. Von mir bestimmt nicht. Und rede bitte nicht so einen Unsinn – das Fettabsaugen kostet wesentlich mehr als dein Sportstudio. Ich werde meine Freundinnen fragen, ob wir unseren Spieleabend auf Donnerstag verschieben können. Ich tue das für die Kinder, nicht für dich. Wenn du aufhören würdest, Kohlehydrate zu essen, müsstest du diesen ganzen Sport nicht machen.

Fabio an Gianni
Denk an Morgen: Bollani. Es war verdammt schwer, die Karten zu bekommen.
21:12

Gianni an Fabio
Was?
21:12

Fabio an Gianni
Das Konzert in der Aula um halb neun. Wir treffen uns eine Viertelstunde vorher, okay?
21:13

Gianni an Fabio
Ja, gut. Gehen wir gleich noch ein Bier trinken?
21:14

Fabio an Gianni
Geht leider nicht, ich habe gerade die Fritteuse auf der Terrasse angeworfen.
21:15

Gianni an Fabio
Die Fritteuse? Du redest wie meine Mutter. Oder, was schlimmer ist, wie meine Ex-Frau.
21:16

Fabio an Gianni
Ich frittiere gerade panierte Auberginen.
20:17

Gianni an Fabio
Geht's noch? Isst du die allein?
21:18

Fabio an Gianni
Nein, in bester Gesellschaft: mit einer Flasche Verdicchio di Matelica, einem Teller Cicoria ripassata und Pane di Lariano.
21:19

Gianni an Fabio
Jetzt geht das schon wieder los! Irgendwann musst du dich entscheiden: Willst du Koch sein oder Unternehmer? Du immer mit deiner Fritteuse und deinem Paniermehl! Wenn dich deine Angestellten sehen würden! Findest du nicht, dass deine einsame Kochleidenschaft langsam zur Manie wird? Muss ich mir Sorgen machen?
21:22

Fabio an Gianni
Worauf willst du hinaus? Ich verbringe hier einen wunderbaren Abend.
21:24

Gianni an Fabio
Du willst wissen, worauf ich hinauswill? Komm schon, Fabio, du bist völlig neben der Spur. Du gehst nicht mehr aus, verbringst deine Abende mit Kochen. Um Frauen bemühst du dich schon lange nicht mehr, und als sich neulich eine für dich interessiert hat, hast du sie ziehen lassen, ohne es überhaupt zu probieren. Dabei weiß ich doch genau, wie sehr du die Frauen liebst.
21:29

Fabio an Gianni
Stimmt alles, na und? Ich lebe eben etwas zurückgezogen, und ich glaube nicht, dass du schon wieder die Geschichte über meine schwierigen letzten Jahre hören willst. Die Krise, die Arbeit, das Alter … Aber neben der Spur bin ich ganz und gar nicht. Warum ist meine Begeisterung fürs Kochen ein Problem? Es macht mir Spaß, das ist alles. Ich gebe gern zu, wenn da jemand wäre, mit dem ich gemeinsam kochen könnte, würde mich das sehr freuen. Dein Problem ist doch nur, dass ich mich nicht mehr für One-Night-Stands interessiere, deinen Lieblingssport. Ich möchte irgendwann eine Frau kennenlernen, so richtig kennenlernen, und zwar *bevor* ich mit ihr ins Bett gehe …
21:38

Gianni an Fabio
Ich sehe schon, ich muss mir doch Sorgen machen.
21:39

Fabio an Gianni
Na schön, weißt du was? Warum kommst du nicht einfach zum Essen rüber. Ich möchte dir was erzählen. Aber lass mir noch Zeit zum Duschen, okay?
21:44

Rigatoni all’amatriciana

Rigatoni mit Speck und Tomaten

Von: f.frigerio@beniculturali.it
An: mariacolucci@hotmail.com
Betreff: Triumphzug
15. Januar 2017, 10:15

Ciao, Maria,
ich habe deine Tonnarelli cacio e pepe gemacht – ein Riesenerfolg!

Ich wusste nicht genau, was du mit »wenig Wasser« gemeint hast, deshalb habe ich das Nudelwasser während des Kochens abgeschöpft und dann nach und nach zum Pecorino gegeben. Beim Käse habe ich mich am Ende für einen regionalen Kompromiss entschieden, eine Mischung, halb Pecorino romano (ich habe welchen am Stand »Willkommen im Süden« auf dem Viale-Papiniano-Markt bekommen), halb Parmesan. Ich habe dein Rezept etwas vereinfacht, weil wir elf Personen waren. Die Artischocken habe ich im Topf mit ordentlich Olivenöl angeschmort und am Schluss über die Pasta gegeben. Immerhin war eines meiner Versuchskaninchen ein Arzt aus Rom, der Freund einer meiner besten Freundinnen, und es hat ihm sichtlich geschmeckt, so wie er die Pasta verschlungen hat. Auch mein Mann war begeistert!
Anbei ein Foto der Tonnarelli.

Nur dass du's weißt: Als Hauptgericht gab es Calamari mit Taggia-Oliven, Staudensellerie mit Zitronenabrieb und zum Nachtisch Semifreddo mit Nougat nach unserem Familienrezept (keiner von uns mag Nougat anders als in dieser Form).
Nach diesem triumphalen Erfolg bei meinem ersten Versuch in der echten römischen Küche möchte ich weitermachen:

Kannst du mir noch ein anderes Rezept empfehlen, vielleicht wieder in einer besonderen Variante von dir?

Von: mariacolucci@hotmail.com
An: f.frigerio@beniculturali.it
Betreff: Re: Triumphzug
15. Januar 2017, 11:15

Bravo, Francesca! Auf dem Foto sieht es nach einem gelungenen Gericht aus. Schön, dass du Lust hast, die römische Küche kennenzulernen. Heute schlage ich folgendes typisch römisches Gericht ohne Schnickschnack vor: Rigatoni all'amatriciana.

Zutaten für 4 Personen, die mit einigem Appetit essen:
500 g Rigatoni
800 g geschälte Tomaten
Basilikum
180 g durchwachsener Speck
200 g Pecorino
1 Chilischote

Von: f.frigerio@beniculturali.it
An: mariacolucci@hotmail.com
Betreff: Amatriciana?
15. Januar 2017, 12:30

Aber das kann doch jeder! Die Amatriciana ist super einfach.

Von: mariacolucci@hotmail.com
An: f.frigerio@beniculturali.it
Betreff: Re: Amatriciana?
15. Januar 2017, 12:44

Du hast recht, die Amatriciana ist ein eher einfaches Gericht, solange es nur um die Zubereitung geht. Damit sie aber *richtig* gut wird, sollte man ein paar der gängigen Fehler vermeiden, die ich dir gleich nennen werde. Bei diesem Gericht ist es vor allem wichtig, die richtigen Dinge zu verwenden – und damit meine ich nicht nur die Zutaten, sondern auch das Kochgeschirr. Hast du eine Eisenpfanne? Ich meine keine rostfreie, sondern eine aus Weichstahl. Die haben schon die Bauern aus Amatrice benutzt. Sie ist stabiler und ihr Leitvermögen ist weniger groß als das von Pfannen aus Kupfer, Aluminium oder rostfreiem Stahl. So wird die Hitze der Flamme durch das Eisen verstärkt und die Pfanne wird sehr heiß. Das merkst du erst, wenn du den durchwachsenen Speck in Würfeln in die ganz heiße Pfanne wirfst. Am Anfang tritt eine Menge flüssiges Fett aus dem Speck aus, und dann frittiert das Fett die Würfel und sie werden schön knusprig. Wenn du eine Aluminiumpfanne benutzt, musst du die Flamme stark aufdrehen, damit die Würfel kross werden. Am meisten merkt man den Unterschied aber beim Fett. Bei der Eisenpfanne tritt viel mehr aus. Und das Fett wird für die Sauce gebraucht.

Fangen wir also an: Du hast den Speck geschnitten und in die glühend heiße Pfanne getan (gib noch eine Peperonischote dazu), du hast die Würfel gebraten, bis sie knusprig geworden sind. Jetzt legst du die Hälfte des Specks beiseite. Dann gibst du die geschälten Tomaten mit ein paar Blättern Basilikum (das Basilikum ist wichtig!) in die Pfanne mit dem Fett und den verbleibenden Würfeln, mischst alles, gibst Salz dazu und auch etwas Pfeffer, wenn du möchtest, und bringst das Ganze langsam zum Kochen. Lass die Rigatoni abtropfen, richte sie an und garniere sie mit den knusprigen Würfeln. Es ist wichtig, dass du viel frisch geriebenen Pecorino romano über die Rigatoni streust.

Oft wird der Fehler gemacht, nicht genug Käse zu nehmen: Wenn du siehst, dass die Sauce zu sehr eingekocht ist, nimm weniger Pasta, damit das Ganze nicht trocken wird. Einen anderen Fehler kann man bei der Wahl des Specks machen: Er sollte gut abgehangen sein und von artgerecht gehaltenen Schweinen stammen. Richtig guter Speck hat seinen Preis, aber wenn du einen qualitativ hochwertigen nimmst, wie beispielsweise den von Cinta Senese, wirst du dich dein ganzes Leben lang an diese Amatriciana erinnern …

Auch die geschälten Tomaten müssen sehr gut sein. Am besten ist es natürlich, frische Tomaten zu verwenden. Die musst du dann heiß überbrühen und selbst enthäuten. Ich nehme an, du weißt, wie das geht, oder?!

Eine letzte Sache: Eisenpfannen sauber zu machen, ist mühsam, man muss sie pflegen, weil sie rosten können. Auch das ist ein Grund, weshalb sie kaum noch hergestellt werden.

Fabio an Guendalina
Guenda, du musst mir helfen. Komm heute Abend zum Essen, ich möchte ein neues Gericht ausprobieren.
13:56

Guendalina an Fabio
Ich bin unterwegs, Fabio (in Paris). Komme erst am Freitag zurück. Samstag bin ich bei meiner Familie zum Essen. Können wir sagen, wir sehen uns am Sonntag?
13:57

Fabio an Guendalina
Hm … Das ist eigentlich zu spät, ich habe es etwas eilig.
13:58

Guendalina an Fabio
Warum?
13:59

Fabio an Guendalina
Das ist eine lange Geschichte. Ich erkläre es dir, wenn wir uns sehen.
14:00

Guendalina an Fabio
Ach so, eine Frau!
14:00

Fabio an Guendalina
Ja und nein.
14:01

Guendalina an Fabio
Das ist mal wieder typisch! Nur dass du jetzt im Bereich der Gastronomie wilderst. Was macht sie denn? Hat sie etwa ein Restaurant? Nein, das wäre zu trivial. Ist sie vielleicht eine Sommelière?
14:02

Fabio an Guendalina
Nein, nein, es ist nicht so, wie du denkst …
14:03

Guendalina an Fabio
Kannst du dich vielleicht etwas weniger phrasenhaft ausdrücken?
14:05

Fabio an Guendalina
Ehrlich … ich habe keine Ahnung, was sie macht. Ich kenne sie nicht mal. Ich erzähle dir alles, wenn wir uns sehen. Die Sache ist etwas kompliziert …
14:06

Guendalina an Fabio
Dann also bis Sonntag. Ich möchte alles genau wissen.
14:07

Fabio an Guendalina
Okay, komm zum Abendessen, vielleicht habe ich doch etwas Feines, das du probieren kannst.
14:08

Fabio an Gianni
Hast du Lust, heute nach dem Konzert mit zu mir zu kommen, um ein neues Gericht zu probieren?
14:09

Gianni an Fabio
Das wird mir zu spät. Lass uns lieber irgendwo eine Pizza essen. Ich muss morgen um 7 Uhr 30 den Zug nach Bologna nehmen.
14:10

Fabio an Gianni
Ach, komm schon. Ich würde gern ein neues Rezept ausprobieren, das ich an eine Frau weitergeben will. Ich habe auch einen guten Rotwein aus Amalfi, einen ziemlich seltenen Tropfen.
14:14

Gianni an Fabio
Was für eine Frau? Wo hast du die denn aufgegabelt?
14:15

Fabio an Gianni
Ich kenne sie nicht persönlich, wir haben auf einer Kochplattform gechattet, und jetzt schreiben wir uns E-Mails. Sie scheint sehr nett zu sein.
14:16

Gianni an Fabio
Warum probierst du das Gericht dann nicht mit ihr aus? Was für ein Gericht überhaupt?
14:17

Fabio an Gianni
Das ist ein bisschen kompliziert. Erstens lebt sie nicht in Rom. Zweitens habe ich keine Ahnung, wer sie ist und was sie so macht.
14:18

Gianni an Fabio
Und drittens?
14:19

Fabio an Gianni
… denkt sie, ich bin eine Frau.
14:20

Gianni an Fabio
Eine Frau? Was redest du da für einen Unsinn?!
14:21

Fabio ab Gianni
Na ja … es gibt da so eine Website mistressinthekitchen.com. Sie wird nur von Frauen besucht. Deshalb habe ich mich dort als »Maria« eingeloggt. Und jetzt glaubt sie, dass ich Maria bin.
14:21

Gianni an Fabio
Was? Du bist echt völlig irre. Warum tust du so was? Und diese Frau hat nicht gemerkt, dass du ein Mann bist?
14:22

Fabio an Gianni
Nein. Wir haben ja nur gemailt, und mein Account heißt »mariacolucci«.
14:23

Gianni an Fabio
Du hast wirklich einen gepflegten Knall, mein Freund, weißt du das?
14:23

Fabio an Gianni
Wieso? Für einen, der leidenschaftlich gerne kocht, ist das eine super Plattform. Da habe ich nicht lange überlegt. Man kommt da nur rein, wenn man eine Frau ist, also …
14:24

Gianni an Fabio
Also weißt du gar nicht, wie sie ist?
14:25

Fabio an Gianni
Nein, ich habe sie ja nie gesehen.
14:26

Gianni an Fabio
Und du machst diesen ganzen Aufstand für eine, die du noch nie gesehen hast?
14:26

Fabio an Gianni
Was ist so schlimm daran? Ich habe dir doch gesagt, es geht nur ums Kochen.
14:27

Gianni an Fabio
Weißt du, was ich von deinem Doppelleben halte? Gar nichts. Du solltest dich mal entscheiden. Aber gut, ich komme und probiere dein Abschleppgericht. Was gibt's denn überhaupt?
14:28

Fabio an Gianni
Im Moment reden wir über die echte römische Küche, und ich gebe ihr die typischen Rezepte. Aber nächstes Mal würde ich sie gern mit einer Eigenkreation überraschen – ein Rezept, das ich noch perfektioniere: Raviolone mit Gambas an Topinamburcreme mit schwarzen Trüffeln.
14:30

Gianni an Fabio
Aaah! Mit so einem Gericht kriegst du jede! Erfolg garantiert.
14:31

Fabio an Gianni
Ja, ja, aber es ist nicht, wie du denkst. Übrigens fällt mir gerade ein, Rotwein passt gar nicht dazu. Wenn du kommst, trinken wir einen Franciacorta, ich habe noch eine Flasche von gestern offen. Aber keine Sorge, ich habe sie mit einem Spezialkorken zugemacht.
14:31

Gianni an Fabio
Du klingst wie meine Mutter. Ich habe doch schon gesagt, dass ich komme.
14:31

Gianni an Fabio
Ich muss es dir noch mal sagen: Diese Ravioloni von gestern Abend waren eine Wucht. Hast du die wirklich selbst gemacht?
11:40

Fabio an Gianni
Ganz allein. Für den Teig braucht man nur zwei Eier und 200 g Mehl und lässt ihn dann im Kühlschrank in einem Küchentuch ruhen. Den Topinambur habe ich geputzt, in Würfel geschnitten, mit angebratenen Schalotten in Öl und Wasser gekocht und anschließend alles passiert …
11:41

Gianni an Fabio
Da hast du dir ja den ganzen Nachmittag freigenommen, was? Und die Gambas?
11:43

Fabio an Gianni
Die habe ich bei Silvia, meiner Lieblingsfischhändlerin gekauft, die einen Stand auf dem Trionfale-Markt hat.
11:44

Gianni an Fabio
Mal ehrlich: Hast du die Ravioloni wirklich selbst gemacht? Die sahen zu perfekt aus.
11:45

Fabio an Gianni
Ja doch! Ich habe den Teig eigenhändig in zwei Rechtecke geschnitten und dann mit dem Radel, mit dem man auch Ravioli macht, in der Mitte geteilt. Dann habe ich angebratene Schalotten, Karotten und Sellerie mit den gewürfelten Langustinenschwänzen gemischt. Aus dieser Füllung habe ich zwei Kugeln geformt, sie auf zwei Teigquadrate gelegt und dann zwei Riesenravioli gefaltet. Als sie gar waren, habe ich sie auf der warmen Topinamburcreme angerichtet. Und wie hat dir die schwarze Trüffel-Essenz geschmeckt?
11:47

Gianni an Fabio
Phänomenal. Und was hat es mit diesem skalpellscharfen Küchenmesser auf sich, das ich bei dir gesehen habe?
11:48

Fabio an Gianni
Ähm … jemand hat mir davon erzählt, und ich habe es online gefunden.
11:49

Fabio an Gianni
Hat SIE dir den Tipp gegeben?
11:50

Fabio an Gianni
Ja, unter Köchen tauscht man Ideen und Zubereitungsweisen aus. Das ist ganz normal.
11:51

Gianni an Fabio
Sicher. Jedenfalls waren die Riesenravioli ausgezeichnet. Aber mal ehrlich: Das hast du nicht selber erfunden, oder? Mir kannst du es ruhig sagen.
11:53

Fabio an Gianni
Sagen wir mal so … Ich habe eine Grundidee variiert …
11:53

Gianni an Fabio
Was redest du da, was meinst du damit?
11:54

Fabio an Gianni
Vor einem Monat habe ich in einem Turiner Restaurant Langustinentartar mit Œufs mollet und Topinamburcreme mit Essenz aus schwarzen Trüffeln gegessen. Ich habe die gleichen Zutaten benutzt, aber ich wollte eben Riesenravioli machen.
11:55

Gianni an Fabio
Alles klar. Und wo ist das Ei geblieben?
11:56

Gianni an Fabio
Der Teig war doch aus Eiern und Mehl.
11:57

Gianni an Fabio
Genial.
11:58

Polpettone di fagiolini

Falscher Hackbraten aus grünen Bohnen

Von: dr.m.magri@unimi.hsr.it
An: f.frigerio@beniculturali.it
Betreff: Alternativmedizin
17. Januar 2017, 10:22

Liebe Signora Frigerio,
ich bin sicher, dass Ihre nicht allopathischen Methoden, wie Sie das nennen, einen gewissen positiven Effekt auf Ihre Stimmung haben können, aber Schlaflosigkeit ist ein Zustand, der erforscht und behandelt werden muss – vor allem, wenn er, wie Sie sagen, schon lange anhält. Dazu gibt es besondere Behandlungsmethoden, bei denen Entspannung und Medikamente eine Rolle spielen. Ich habe noch nie gehört, dass jemand nur durch das Trinken von warmer Milch oder durch Küchenaktivitäten geheilt wird. Auch nicht, wenn man der ganzheitlichen Sichtweise der Programme unserer Abteilung »Scuola Educazione« folgt. Deshalb bitte ich Sie, mit meiner Sekretärin einen Termin auszumachen.

Sehr herzlich
Doktor Maurizio Magri

Facharzt für Neurologie
Zentrum für Schlafmedizin
Sankt-Raffael-Krankenhaus, Mailand

Andrea an Mama
Morgen gehe ich in Bergamo alto wandern. Kannst du mir bitte Speck und Brie für mein Panino kaufen?
16:32

Mama an Andrea
Ich habe Polpettone di fagiolini gemacht. Reichen dir zwei Scheiben?
16:33

Andrea an Mama
Warum denn Bohnenbraten? Alle anderen haben Panini.
16:34

Mama an Andrea
Mein Bohnenbraten schmeckt wunderbar. Und er ist lange nicht so fett wie der Schinkenspeck.
16:35

Andrea an Mama
Dann denken alle, ich wäre so ein blöder Veganerarsch …
16:35

Mama an Andrea
Du sollst keine Schimpfwörter benutzen.
16:36

Andrea an Mama
Die halten mich für gestört, du wirst schon sehen.
16:37

Mama an Andrea
Unsinn. Ich hab dich lieb.
16:38

Luz an Francesca
Danke, Francesca. Dein Polpettone ist immer ausgezeichnet. Wie viele hast du eigentlich gemacht??
17:12

Francesca an Luz
Vier oder fünf Backformen. Wenn ich schon mal dran bin, kann ich gleich mehrere machen und sie an meine Freundinnen verteilen.
17:15

Luz an Francesca
Du hast letzte Nacht wieder nicht geschlafen, was?
17:16

Francesca an Luz
So ist es.
17:17

Luz an Francesca
Du musst wirklich was dagegen unternehmen. Warst du nicht bei diesem tollen Arzt?
17:18

Francesca an Luz
Doch, doch, aber er lehnt meine Methoden ab und will mir irgendwelche Tropfen verschreiben. Er behauptet, sie würden helfen.
17:19

Luz an Francesca
Wenn ich du wäre, würde ich sie nehmen.
17:20

Francesca an Luz
Ja, aber wann soll ich dann kochen?
17:21

Von: f.frigerio@beniculturali.it
An: mariacolucci@hotmail.com
Betreff: Versprechen muss man halten
17. Januar 2017, 19:48

Liebe Maria,
wie geht es dir? Ich hatte dir versprochen, dir einige meiner Hausrezepte zu schicken, hier also der falsche Hackbraten aus ligurischen grünen Bohnen, der mir mit am besten gelingt (ich hatte es dir nicht gesagt, aber ich habe ligurische Vorfahren). Es ist ein einfaches Gericht, hergestellt aus den wenigen Dingen, welche die Bauern auf den dortigen Steilhängen anbauen konnten, schmeckt aber gut. Wie bei den meisten ligurischen Gerichte braucht man etwas Zeit für die Vorbereitung, aber es ist nicht schwierig.

Für mich ist dieser Bohnenhackbraten perfekt, weil er auf meiner privaten Liste der »stillen Rezepte« steht, die ich nachts zubereite, wenn ich nicht schlafen kann, und für die ich keine lauten elektrischen Haushaltsgeräte brauche. Wenn man einen Mixer nimmt, geht es natürlich schneller, aber wenn ich die nächtlichen Stunden mal wieder herumbringen möchte und niemanden aufwecken will, zerkleinere ich alles mit dem Wiegemesser. Das Schöne an diesem Rezept ist, dass die Menge der Zutaten veränderbar ist: Wenn man den Braten fester haben will, nimmt man mehr Kartoffeln, soll er weicher sein, mehr Bohnen. Ganz wichtig ist in jedem Fall der Majoran – der aus Ligurien mit den größeren, duftenden Blättern, nicht der aus der Toscana, der meiner Meinung nach zu sehr nach Thymian schmeckt.

Und das brauchst du für vier bis sechs Personen (das entspricht einer Auflaufform):

5 Kartoffeln, etwas kleiner als faustgroß
600–700 g frische Bohnen (im Winter kann man auch tiefgefrorene nehmen, du musst aber berücksichtigen, dass sie wässriger sind)
2 oder 3 Eier (das hängt von der Größe der Eier ab, aber auch davon, wie fest man den Braten haben will)
ca. 100 g geriebener Parmesan
1 kl. Knoblauchzehe
Viel Majoran (frisch oder getrocknet)

Erst kochst du die Kartoffeln und zerdrückst sie mit der Kartoffelpresse oder einem Stampfer. Dann putzt du die Bohnen und kochst sie, anschließend werden sie im Mixer oder mit einem Messer zerkleinert. Pass aber auf, dass sie nicht zu breiig werden. Benutzt du einen Mixer, musst du zuerst Knoblauch und Parmesan hineintun und erst danach die Bohnen. Dann die Eier, den Majoran und etwas Salz. Vermisch alles mit den Kartoffeln und gib es in eine reichlich mit Olivenöl und Paniermehl ausgeriebene Backform. Die cremige Mischung einfüllen und mit einer Gabel glattstreichen, damit sich beim Backen eine Kruste bilden kann.

Meine Schwiegermutter hat die schlechte ligurische Angewohnheit, auch die Oberfläche mit Paniermehl zu bestreuen, aber so wird der Hackbraten sehr trocken. Er muss eine halbe Stunde bei ca. 180° backen. Man weiß, dass er raus kann, wenn die Kruste schön goldbraun ist. Man isst den Braten übrigens kalt.

Du siehst, die Zubereitung ist ziemlich einfach, wenn man erst mal die Kartoffeln und Bohnen gekocht hat. Meine Kinder sind jedenfalls ganz verrückt danach. Allerdings möchte der Ältere, der bald in die Pubertät kommt, lieber etwas essen, das mehr soziale Anerkennung bringt, wie Hamburger oder zur Not wenigstens Schinken-Sandwiches.
Aber ich gebe nicht nach.

Von: mariacolucci@hotmail.com
An: f.frigerio@beniculturali.it
Betreff: Gemeinsamkeiten
17. Januar 2017, 21:30

Liebe Francesca,
danke für das Rezept. Es klingt sehr lecker.
Du schläfst also auch nicht. Ich habe darüber nachgedacht, dass es wohl kein Zufall ist, dass wir uns so oft schreiben, denn auch ich habe seit Jahren Mühe einzuschlafen. Dann koche ich – genau wie du. Ich wache nicht mitten in der Nacht auf, sondern meine Abende sind sehr, sehr lang, und so schlafe ich kaum. Nach dem Abendessen bleibe ich oft noch in der Küche, dann mache ich statt des Fernsehers meine Stereoanlage an und bereite etwas vor, was ich gut gebrauchen kann. Ich koche Sachen im Voraus, die ich später verwende, zum Beispiel eine Brühe aus Fischköpfen, oder ich mache Pasta-Teig für Fettucine oder Tonnarelli. So ist schon alles fertig für das Cacio e pepe am nächsten Tag. Ich mache auch den Teig für das Brot und lasse ihn über Nacht gehen, solche Sachen. Dann lese,

lese, lese ich und versuche, mich abzulenken und meine Angst zu vertreiben, die manchmal ziemlich groß ist, Francesca.

Ja, ich bin ein ängstlicher Mensch.

Seit einigen Jahren geht das jetzt schon so. Ich komme nach Hause und verspüre diese komische Angst. Eine vielleicht durchaus begründete Angst. Ich spüre sie überall um mich herum. Ein bisschen hat das, glaube ich, mit zu viel Computerarbeit zu tun, mit dem Druck im Job. Da gibt es etwas, das ich bei den Menschen sehe, mit denen ich zu tun habe. Und ich nehme das alles in mich auf. Ich glaube, alle um mich herum sind unruhig und überfordert. Alle haben Angst, es nicht zu schaffen. Meine Kollegen. Die professionellen Berater an meiner Seite, sogar die Kunden. Aber was mich wirklich zutiefst verstört, ist die Erkenntnis, dass selbst meine Chefs Angst haben. Das erzeugt auch bei mir Angst. Es belastet mich, und ich kann nachts nicht schlafen. Und da ich zehn Stunden am Tag arbeite, morgens aus dem Haus gehe und abends wiederkomme, habe ich nicht genug Zeit, die Angst zu vertreiben, indem ich Sport mache oder ausgehe, und so bleibe ich nachts auf und lese oder koche. So wie heute Abend.

Ciao,

Maria

PS: Jetzt habe ich dir etwas erzählt, was nur ganz enge Freunde von mir wissen. Vielleicht weil die Übereinstimmung mit dir und was du über deine »stillen Rezepte« geschrieben hast, so unglaublich ist. Aber auch, weil ich mich in deiner Gesellschaft irgendwie wohlfühle, auch wenn wir uns nur schreiben. Das war jetzt ganz spontan, ich hoffe, es ist in Ordnung für dich.

Von: f.frigerio@beniculturali.it
An: mariacolucci@hotmail.com
Betreff: Nächtliches Kochen
18. Januar 2017, 8:42

Liebe Maria,
künftig werde ich, wenn ich nachts aufstehe und mit der Hand Mayonnaise anrühre, daran denken, dass du vielleicht gerade Fischsuppe kochst. Weißt du, dass es auch mir so vorkommt, als würde ich dich schon lange kennen? Erstaunlich, nicht? Dabei weiß ich außer dem, was du mir gestern geschrieben hast, fast gar nichts über dich.

Ich bin ein wenig verlegen, weil ich nicht aufdringlich sein möchte, aber ich würde gern mehr über dein Leben erfahren. Ich habe das Gefühl, dass wir gute Freundinnen sein könnten, aber ich bin nicht sicher, ob du über etwas anderes reden möchtest als über das Kochen (auch das empfinde ich natürlich schon als sehr bereichernd, keine Frage!). Wenn dir mein Vorschlag also unangenehm ist, vergiss ihn einfach, und lass uns zum Cacio e pepe zurückkehren, und alles bleibt beim Alten. Okay?

Von: mariacolucci@hotmail.com
An: f.frigerio@beniculturali.it
Betreff: Re: Nächtliches Kochen
8. Januar 2017, 9:26

Aber nein, Francesca, stell dir vor, ich freue mich über dein Ansinnen. Ich schreibe dir sehr gern, ich bin nur nicht so gut in vertraulichen Mitteilungen und Geschichten. Sagen wir, dass ich mich üblicherweise eher durch meine Küche ausdrücke.

Von: f.frigerio@beniculturali.it
An: mariacolucci@hotmail.com
Betreff: Re: Re: Nächtliches Kochen
18. Januar 2017, 10:11

O je, Maria, das war sicher übergriffig von mir. Ich verrate dir jetzt auch etwas: Ich bin eine, die sich nie, aber wirklich nie, nur um ihre eigenen Angelegenheiten kümmert. In dem Sinn, dass mir andere am Herzen liegen. Ganz im Allgemeinen. Mein Mann sagt immer, ich sollte dieses ewige Kümmern mal lassen, aber das schaffe ich nicht. Und diesmal ist es mir auch wieder passiert. Entschuldige bitte!

Von mariacolucci@hotmail.com
An: f.frigerio@beniculturali.it
Betreff: Re: Re: Re: Nächtliches Kochen
18. Januar 2017, 10:17

Liebe Francesca,
alles gut, mach dir keine Gedanken, ich schreibe dir später, bin bei der Arbeit …

Von: f.frigerio@beniculturali.it
An: mariacolucci@hotmail.com
Betreff: Re: Re: Re: Re: Nächtliches Kochen
18. Januar 2017, 10:18

Okay, ciao, jetzt möchte ich natürlich gern wissen, was du arbeitest!

Fabio an Guendalina
Guendalina, ich brauche dringend deine Hilfe!
10:19

Guendalina an Fabio
Was ist los?
10:21

Fabio an Guendalina
Die Frau vom Küchenchat will sich mit mir anfreunden, sie stellt mir Fragen, und ich weiß nicht, was ich ihr antworten soll!
10:22

Guendalina an Fabio
Du meinst, die, die glaubt, du wärst Maria?
10:23

Fabia an Guendalina
Ja, genau die.
10:24

Guendalina an Fabio
Und was soll ich da jetzt machen? Genau das wolltest du doch!
10:24

Fabio an Guendalina
Ich wollte aber nur übers Kochen reden, und jetzt wird alles furchtbar kompliziert!
10:26

Guendalina an Fabio
Complimenti, das Spielchen, was du da treibst, ist ein eindeutiges Zeichen für Reife.
10:27

Fabio an Guendalina
Also, hilfst du mir jetzt oder nicht?
10:28

Guendalina an Fabio
Wobei denn eigentlich?
10:29

Fabio an Guendalina
Das ist doch klar! Maria muss zu einer echten Person werden, damit ich weiter mit Francesca chatten kann.
10:30

Guendalina an Fabio
Du bist ja völlig übergeschnappt. Und widersprüchlich dazu. Erst hast du mir erzählt, du weißt nichts über diese Frau, und plötzlich heißt sie Francesca. Kann es sein, dass deine virtuelle Schwärmerei nicht so zufällig ist, oder kommt mir das nur so vor?
10:33

Fabio an Guendalina
Was für eine Schwärmerei denn? Und was hat das mit Francesca zu tun? Außerdem ist sie verheiratet und hat Kinder, um dich ein wenig ins Bild zu setzen.
10:34

Guendalina an Fabio
Das ist ja schön und gut, aber ich hatte von Anfang an etwas gegen dein Spielchen, und jetzt soll ich dir dabei helfen, möglichst glaubhaft eine Person vorzutäuschen, die es nicht gibt.
10:35

Fabio an Guendalina
Was ist so schlimm daran? Das ist schließlich noch kein Betrug. Ich möchte einfach ein bisschen weitermachen, ich mag diese Francesca irgendwie, ich schreibe gern mit ihr. In aller Freundschaft. Sie scheint eine sehr nette Frau zu sein. Vielleicht erzähle ich ihr irgendwann, wer ich wirklich bin.
10:37

Guendalina an Fabio
Fabio, kannst du mir erklären, was du mit diesem absurden Theater bezwecken willst? Ich meine, was soll denn am Ende dabei herauskommen?
10:41

Fabio an Guendalina
Ich weiß es nicht. Und ich schwöre dir, dass nichts davon geplant war. Es hat sich einfach so ergeben. Ja, ich gestehe,

die Sache hat auch ihren Reiz für mich, aber ich sehe nicht, welchen Schaden ich damit anrichten könnte. Und mal ehrlich, machst du immer nur Sachen, von denen du genau weißt, worauf sie am Ende hinauslaufen?
Sag es mir (ich brauche dich sicher nicht zu erinnern …)!
10:44

Guendalina an Fabio
Treffer. Na schön, von mir aus mach deine abgedrehten Sachen, wenn du damit keinen »Schaden anrichtest«, wie du sagst. Aber mach sie allein.
10:45

Fabia an Guendalina
Gehst du wenigstens mit mir mittagessen? Du könntest mir doch wenigstens ein paar Ratschläge geben. So von Frau zu Frau.
10:45

Guendalina an Fabio
Du gibst nie auf, was? Ich treffe dich gern zum Essen, aber ich denke mir kein Drehbuch für Maria aus.
10:46

Fabio an Guendalina
Also um ein Uhr an der Ponte Milvio? Dann können wir ja gemeinsam entscheiden, wo wir hingehen.
10:47

Guendalina an Fabio
»Gemeinsam entscheiden«, soso ... Dass ich mal ein Mitspracherecht beim Aussuchen des Restaurants habe, beweist mir nur, dass du mehr von mir willst (und wir wissen genau, was)!
10:47

Fabia an Guendalina
Warum bist du immer so misstrauisch? Deine Meinung, was gastronomische Fragen angeht, ist mir einfach wichtig.
10:49

Guendalina an Fabio
Ja, schon klar. Treffen wir uns also um eins an der Brücke.
10:50

Von: direzionebibliotecaprotasiana@beniculturali.it
An: f.frigerio@beniculturali.it
Betreff: Moderation Freskensaal
23. Januar 2017, 12:32

Liebe Frau Doktor Frigerio,
es ist uns eine Ehre, am Montag, den 6. Februar im Freskensaal im Rahmen der Ausstellung »Schriften der Gegenwart« Stefano De Vecchi, den Gewinner des Premio Suardi, der auch auf der Liste des Premio Civitella steht, zu empfangen.
Auf ausdrücklichen Wunsch des Autors – wobei wir wegen unserer internen Regelungen ein Auge zudrücken – laden wir Sie ein, die Lesung zu moderieren und De Vecchi und sein Werk mit ein paar Worten einzuführen. Die hierbei entstehenden Überstunden werden im kommenden Monat ausgeglichen.

Herzlich
Renato Bianchi
Direktor der Biblioteca Protasiana
Mailand

Luz an Francesca
Hast du deine Mutter überreden können?
16: 12

Francesca an Luz
Ja, aber stell dir vor, ich kann trotzdem nicht kommen! Ich muss arbeiten.
16:14

Luz an Francesca
Wieso arbeiten? Abends um sechs? Du arbeitest doch Teilzeit!
16:15

Francesca an Luz
Ja, normalerweise schon. Aber am 6. Februar wird in der Bibliothek ein Autor vorgestellt, und ich soll das Ganze moderieren.
16:16

Luz an Francesca
Welcher Autor?
16:17

Francesca an Luz
Stefano De Vecchi. Du weißt schon. Dieser nette Typ, der Krimis schreibt.
16:18

Luz an Francesca
Ah, ich verstehe! Der nette Typ, der dir seinen neuen Roman mit den Worten signiert hat »Für Francesca, ebenso wie für die Kommissarin Elisa Diodato. s. S. 141«. Und auf S. 141 gibt es eine leidenschaftliche Szene zwischen der Diodato und dem Hauptverdächtigen, der, wie es der Zufall will, Schriftsteller ist!
16:20

Francesca an Luz
Du spinnst, so lautet die Widmung gar nicht. Aber natürlich ist De Vecchi wirklich nett, verglichen mit den anderen Autoren, die ich kennengelernt habe.
16:22

Luz an Francesca
Und geht ihr danach noch essen?
16:23

Francesca an Luz
Ja. Die Bibliothek hat ein Restaurant reserviert, so ein minimalistisches mit ambitionierten Starköchen, die aus Spargel Schleifen binden, und wenn du rausgehst, hast du Hunger auf eine Pizza.
16:24

Luz an Francesca
Vielleicht auch auf ein Dessert …
16:26

Francesca an Luz
Wie soll das denn gehen? Du hast vielleicht Vorstellungen.
Ich bin doch verheiratet.
16:26

Von: mariacolucci@hotmail.com
An: f.frigerio@beniculturali.it
Betreff: Alles über mich
23. Januar 2017, 18:34

Ciao, Francesca!
Du wolltest etwas über meine Arbeit wissen. Entschuldige, es hat ein bisschen gedauert, aber es war sehr viel los. Meine Arbeit ist eher technischer Natur. Ich bin Ingenieurin (Fachgebiet Transportwesen) und arbeite in einer Firma, die die Planung von Verkehrssystemen (Straßenbahn, U-Bahn, Bahnhöfe etc.) übernimmt. Insbesondere kümmere ich mich um den Ausbau der Eisenbahn, um Kontrollsysteme und Verkehrsknotenpunkte.

Und wo wir schon mal dabei sind: Ich bin Single, sozusagen … Ich bin jetzt fast fünfzig und ein wenig verschlossen, aber ich bin gern mit Leuten zusammen, mit denen ich mich gut verstehe, und besser als mit großen Worten drücke ich meine Zuneigung mit den Gerichten aus, die ich koche.

Von: f.frigerio@beniculturali.it
An: mariacolucci@hotmail.com
Betreff: Re: Alles über mich
23. Januar 2017, 19:15

Liebe Maria,
wenn ich darüber nachdenke, muss ich sagen, dass ich beim Kochen immer an die Menschen denke, für die das Essen be-

stimmt ist. Ich koche für andere, wenn man so will. Aber das ist wohl so bei uns Frauen, stimmt's?

Von: mariacolucci@hotmail.com
An: f.frigerio@beniculturali.it
Betreff: Re: Re: Alles über mich
23. Januar 2017, 19:15

Meinst du? Und was ist mit den Männern, die kochen? Ich kenne viele, die noch fanatischere Köche sind als ich und sehr talentiert. Für wen kochen denn Männer deiner Meinung nach?

Von: f.frigerio@beniculturali.it
An: mariacolucci@hotmail.com
Betreff: Re: Re: Re: Alles über mich
23. Januar 2017, 19:26

Ach, Maria, du stellst vielleicht Fragen! Ein Mann, der kocht, tut das in erster Linie für sich selbst. Um sich vor anderen wichtig zu machen und sein Ego zu füttern.

Von: mariacolucci@hotmail.com
An: f.frigerio@beniculturali.it
Betreff: Re: Re: Re: Re: Alles über mich
23. Januar 2017, 19:28

Oh. So habe ich das noch nie gesehen, da könntest du recht haben.

Von: f.frigerio@beniculturali.it
An: mariacolucci@hotmail.com
Betreff: Single, sozusagen
23. Januar 2017, 19:40

Single, sozusagen … was bedeutet das?

Dass du allein lebst, aber ab und zu jemand in dein Bett lässt? Dass du einen Freund hast und ihr eine lockere Bindung habt und du nicht mit ihm zusammenlebst? Dass du eigentlich jemand hast, du dir aber noch nicht ganz sicher bist?

Von: mariacolucci@hotmail.com
An: f.frigerio@beniculturali.it
Betreff: Beziehungen
23. Januar 2017, 19:54

Ich habe zehn Jahre mit jemandem zusammengelebt, doch vor einem knappen Jahr war Schluss. Der Mann hieß wie du, Francesco. Ich hatte in diese Beziehung viel investiert.

Irgendwann kamen wir, ohne dass wir es hatten kommen sehen, nicht mehr gut miteinander aus, waren zusammen nicht mehr glücklich. Dennoch glaube ich, wir hätten ein interessantes Leben haben können. Damals hatte ich eins noch nicht begriffen, Francesca: Wenn ich mich verliebe, dann glaube ich in einer Welt zu sein, in deren Geometrie die Sätze von Euklid nicht mehr gelten, eine Welt, in der sich Parallelen nach Regeln, die ich nicht im Griff habe, treffen und voneinander entfernen können. Ich weiß nie, wie ich mich verhalten soll. Aber es geht mir gut: Ich arbeite, koche, rede mit zwei, höchstens drei Freunden, mehr nicht ... sie sagen mir immer wieder, ich sei seltsam geworden, nicht mehr dieselbe. Und sie machen sich über mich lustig, weil Kochen meine Leidenschaft ist.

Von: f.frigerio@beniculturali.it
An: mariacolucci@hotmail.com
Betreff: Re: Beziehungen
23. Januar 2017, 19:55

Das tut mir sehr leid, Maria. Geometrie und Liebe habe ich noch nie miteinander in Verbindung gebracht ...

Von: mariacolucci@hotmail.com
An: f.frigerio@beniculturali.it
Betreff Re: Re: Beziehungen
23. Januar 2017, 19:55

Tja, ich bin aus tiefstem Herzen Ingenieurin. Die Mathematik gibt mir Sicherheit. Wenn mich irgendwelche Ängste oder seltsame Gefühle plagen, denke ich schnell an eine Formel, um die Dinge wieder zurechtzurücken, um alles zu ordnen und wieder einzugrenzen, das beruhigt mich.

Vielleicht koche ich deshalb auch so gerne: Da gibt es bestimmte Mengen und Zeiten. Aber auch hier ist mathematische Präzision nicht alles, ich sollte mich mehr aufs Improvisieren einlassen …

Ciao, ciao,

Maria

Von: f.frigerio@beniculturali.it
An: mariacolucci@hotmail.com
Betreff: Re: Re: Re: Beziehungen
23. Januar 2017, 20:01

Danke, dass du mir von dir erzählt hast. Mathematik ist stark! Ich bin noch nicht ganz so weit, aber eines Tages bitte ich dich um ein paar weitere Unterrichtsstunden in römischer Küche, okay?

Ich würde allerdings gern mehr über dein »Single, sozusagen« wissen. Normalerweise heißt es doch eher »verheiratet, aber eher locker«.

Von: mariacolucci@hotmail.com
An: f.frigerio@beniculturali.it
Betreff: Re: Re: Re: Re: Beziehungen
23. Januar 2017, 20:30

Dazu gäbe es viel zu sagen, aber jetzt kann ich nicht, weil ich arbeiten muss. Ich schreibe dir später, ciao!

Pasta alla carbonara

Pasta mit Speck und Ei

Francesca an Maria
Ciao, liebe Freundin, schlaflose Köchin, eine Frage: Machst du die Tonnarelli immer selbst?
16:15

Maria an Francesca
Ja.
16:15

Francesca an Maria
Ich habe manchmal Tagliatelle selber gemacht, zusammen mit meiner Tante, aber Tonnarelli nie. Wie machst du die?
16:16

Maria an Francesca
Ich habe einen Pastaschneider, eine Chitarra. Die mag ich sehr, meine Oma Wanda hat sie mir geschenkt.
16:17

Francesca an Maria
Eine Chitarra? Ich habe immer gehört »Spaghetti alla chitarra«, aber ich dachte, das hätte etwas mit Musik zu tun. Weißt du, die Stornellatori di Roma, wie in dem Musical »Rugantino«. Aber… Erklärst du's mir?
16:20

Maria an Francesca
Das ist ein Spannrahmen mit ganz dünnen Stahlfäden. Man rollt den Pastateig darüber aus und drückt ihn durch die Fäden. Das geht einfach und schnell.
16:26

Francesca an Maria
Wow! Du bist echt super in diesen Dingen!
16:26

Maria an Francesca
Ja, vielleicht, aber ich koche ja auch so gut wie nie für zehn Personen so wie du.
16:28

Francesca an Maria
Ja, ich habe immer viel Besuch zu Hause. Kinder (zwei), die Freunde der Kinder, die Eltern der Freunde der Kinder, meine Freunde und die von meinem Mann. Ich betreibe so eine Art Restaurant, das rund um die Uhr geöffnet ist. Deshalb bin ich dankbar für schnelle Rezepte.
16:30

Maria an Francesca
Ich hätte einen Vorschlag für ein schnelles Rezept, einen einzigartigen Klassiker, aber er ist meiner Meinung nach das schwierigste Gericht der römischen Küche: die Carbonara …
16:32

Francesca an Maria
Was ist denn an einer Carbonara kompliziert?
16:35

Maria an Francesca
Die Diskussion über die Carbonara ist lang, ich schreibe dir besser eine Mail.
16:36

Fabio an Guendalina
Danke, Guenda, mit der Francesca aus Mailand ist es super gelaufen.
16:38

Guendalina an Fabio
Was hast du ihr gesagt? Erzähl mal!
16:39

Fabio an Guendalina
Das, was wir besprochen hatten: Ich bin Single und habe eine Geschichte hinter mir, die meiner ähnlich ist, ich habe mir eine Mischung aus Fabio und Maria ausgedacht, sogar für meine Arbeit habe ich eine Lösung gefunden.
16:40

Guendalina an Fabio
Wie hast du denn deine männlichen Neurosen in weibliche Form gebracht?
16:41

Fabio an Guendalina
Was für Neurosen, Guenda?!
16:42

Guendalina an Fabio
Schon gut, du hast keine. Und hast du sie überzeugen können, dass du eine Frau bist, die gerade etwas neben der Spur ist?
16:43

Fabio an Guendalina
Neben der Spur? Was soll das heißen? Das sagt Gianni auch immer. Erklär mir das Ganze bitte mal mit deinen Worten, und nicht so, wie ihr es offenbar abgesprochen habt.
16:44

Guendalina an Fabio
Na ja … Du warst immer jemand, der alles in seinem Leben geplant hat und der seine Ziele in jedem Bereich genau im Blick hatte – und das mit einigem Erfolg, muss man sagen. Und jetzt? Die große Krise, die Arbeit macht keinen Spaß mehr, du steuerst auf die fünfzig zu, und mal abgesehen von deinem »Riesenraviolo mit Ragout aus fliegenden Fischen auf einem Bett von Eritrea-Rübchen« hast du offenbar keine Perspektive mehr.
17:03

Fabio an Guendalina
Du kannst noch hinzufügen: »mit Freunden, die einen Scheißdreck von dem verstehen, was ich mache«. Mein Riesenraviolo mit Langustinen auf dem Topinamburbett war spektakulär, für dich werde ich es jedenfalls nicht kochen, und du weißt nicht, was du versäumst. Gianni war begeistert. Verarschen kann ich mich selber.
17:12

Guendalina an Fabio
Hahaha, sehr witzig! Und was macht ihr jetzt, du und deine neue Freundin?
17:13

Fabio an Guendalina
Nichts, wir kochen.
17:14

Guendalina an Fabio
Du bist wirklich seltsam.
17:15

Fabio an Guendalina
Ich? Hast du mal in dich reingeschaut?
17:22

Guendalina an Fabio
Schon wieder ein Treffer. Willst du mir ein Gericht von dieser Francesca kochen?
17:24

Fabio an Guendalina
Wenn du heute Abend Zeit hast …
17:32

Guendalina an Fabio
Heute Abend geht es nicht, da muss ich arbeiten.
17:33

Fabio an Guendalina
Bei dir ist aber auch immer irgendwas. Dann komm halt morgen.
17:38

Guendalina an Fabio
Morgen wollte ich ins Kino gehen und *Nocturnal Animals* sehen, mit Amy Adams, die du doch auch sicher magst. Kommst du mit? Im Eden um acht. Ich gehe immer noch ungern allein ins Kino.
17:43

Fabio an Guendalina
Okay, du emanzipierte Frau, wir treffen uns dort. Aber danach kommst du mit zu mir, ich möchte dich etwas kosten lassen.
17:49

Guendalina an Fabio
In Ordnung.
17:50

Von: mariacolucci@hotmail.com
An: f.frigerio@beniculturali.it
Betreff: Carbonara, der Angstgegner
25. Januar 2017, 20:11

Die Pasta alla carbonara ist mein Angstgegner. Ich habe sie siebzigtausend Mal gesehen und gegessen: in Trattorien, in Edelrestaurants, von Müttern gekocht oder von Single-Männern. In manchen Restaurants und Trattorien fand ich sie perfekt, manchmal kriegen auch Mütter sie ganz großartig hin. Wenn sie gut gemacht ist, gehört sie zu meinen Lieblingsgerichten.

In der Praxis vereinen sich die Pasta (Spaghetti, aber auch Fusilli oder Rigatoni), Eier, Parmesan und Pecorino romano (ein Ei pro Person, Parmesan und Pecorino nach Belieben) mit der Gabel verquirlt. Getrennt davon brät man pro Person 30 g durchwachsenen Speck (Eisenpfanne! Wie bei der Pasta amatriciana).

Die Mischung aus Eiern, Käse, Salz und Pfeffer muss die Spaghetti umschließen und cremig sein, jedoch nur ganz wenig gestockt. Wenn Spaghetti alla carbonara gut gemacht sind, hat die Sauce eine sämige Konsistenz mit winzigen (sehr winzigen!) Partikeln, die den Beginn des Stockens anzeigen. Die kleinste Andeutung eines Rühreis, sozusagen. Hierbei sind die kleinen Parzellen wie die Kristalle eines Porphyrs, wenige und winzig, in einer cremigen Masse. Es kommt darauf an, das Garen im richtigen Moment zu unterbrechen, aber auch, es beherzt zu beginnen, sonst wird die Carbonara zu flüssig (es darf keinerlei Kochwasser hinein, also die Pasta gut abtropfen lassen!). In Kochbüchern und im Internet kann man unzählige Carbonara-Rezepte finden, und Gott weiß, wie viele ich ausprobiert habe. Ich übe mich seit Jahren darin und erinnere mich an großartige und an enttäuschende Carbonara. Nie bin ich mir vorher sicher. Das bedeutet, dass ich, wenn ich anfange, sie zu kochen, Angst habe, dass eine Katastrophe passiert. Ich habe dir ja schon erklärt, welch hohen emotionalen Wert ein Gericht für mich haben kann, auch für die Beziehung zu den Menschen, für die ich es zubereite, und die Möglichkeit, dass alles vielleicht nur mittelmäßig wird und sie enttäuscht, bereitet mir jedes Mal ziemliche Sorgen. Deshalb ist die Pasta alla carbonara schwierig für mich, auch wenn die Zutaten einfach sind und es ein schnelles Rezept ist.

Francesca an Maria
Habe gerade deine Mail gelesen. Unter diesen Voraussetzungen wage ich mich besser nicht an die Carbonara ran. Ich möchte etwas Einfaches machen, das keine großen Kochkünste erfordert. Etwas, wobei ich mich entspannen kann.
20:18

Maria an Francesca
Dann mach eine Suppe, Minestrone mit Rochen und Romanesco. Einfach zuzubereiten und einzigartig in der Welt.
20:19

Maria an Francesca
Rochen???
20:19

Maria an Francesca
Gibt es den in Mailand nicht?
20:20

Francesca an Maria
Einfache Zutaten, was? Aber wer weiß, gleich unter meiner Wohnung ist ein Fischladen.
20:21

Maria an Francesca
Und der römische Broccoli. Kennst du den? Der hellgrüne in Pyramidenform?
20:21

Francesca an Maria
Natürlich gibt es hier Romanesco. Wir hier im Norden sind schließlich keine Barbaren! Aber ich hatte ja einfach und schnell gesagt, und bevor ich römischen Broccoli und exotische Fische besorge, bestelle ich lieber was bei Deliveroo. Neugierig bin ich jetzt aber trotzdem!
20:22

Maria an Francesca
Glaub mir, diese Suppe ist einfach und es geht ganz entspannt zu. Übrigens höre ich beim Kochen immer Musik. Machst du das auch?
20:23

Francesca an Maria
Endlich sagst du mal etwas über dich, ohne dass ich dich dazu aufgefordert habe. Und fragst sogar nach mir! Ich höre sehr viel unterschiedliche Musik, hauptsächlich Klassik und Rock, und wann immer ich kann. Und du?
20:24

Maria an Francesca
Alten Jazz und Klassik.
20:24

Francesca an Maria
Wie mein Mann! Interessant. Manchmal wirkst du auf mich wie ein Mann. Und wenn ich keinen Rochen finde?
20:25

Maria an Francesca
Dann mach Spadellata mit Calamari und Artischocken, vielleicht mit Penne oder Mezze Maniche. Das ist einfach und geht schnell.
20:26

Francesca an Maria
Aber die Artischocken müssten erst geputzt werden, und alle haben schon Hunger und streichen hier um mich herum wie Katzen, die auf ihre Kitekat-Dose warten.
20:27

Maria an Francesca
Oh, Signoramia, du weißt schon, dass man sich für die wichtigen Dinge im Leben immer Zeit nehmen sollte, oder? Und das gilt nicht nur fürs Kochen.
20:29

Francesca an Maria
Signoramia?
20:29

Maria an Francesca
Ja. So nennt mich die Fischhändlerin, bei der ich immer auf dem Markt kaufe. In Rom benutzen die älteren Frauen die Anrede »Signoramia«. Macht man das in Mailand nicht?
20:30

Francesca an Maria
In Mailand habe ich das noch nie gehört, vielleicht bin ich nicht alt genug (haha)! Aber ich finde es lustig, und es gefällt mir! Wir sind sozusagen beide digitale Signoramias … Signoramias 2.0.
20:32

Maria an Francesca
Genau, Signoramia!
20:32

Francesca an Maria
Es sollen also die Artischocken sein?
20:34

Maria an Francesca
Die Artischocken-Saison ist kurz, man muss sie jetzt machen, sonst musst du bis nächstes Jahr warten. Man muss sie nicht putzen, nimm ein Messer und schneide sie auf, dann sind sie in ein paar Minuten fertig.
20:35

Francesca an Maria
Ich will mich nicht schwierig machen, aber da gibt es ein kleines Problem … Morgen treffe ich einen Mann, ein netter Kerl, wie ich finde. Er ist Schriftsteller, und ich stelle sein Buch vor. Da möchte ich keine von den Artischocken geschwärzten Hände haben.
20:36

Maria an Francesca
Du stellst ein Buch vor? Was denn für eins? Und wer ist dieser Typ? Ich merke gerade, dass ich gar nichts über dich und deine Arbeit weiß! Mit den Artischocken, das ist kein Problem. Zieh einfach Einweghandschuhe an und du bekommst keine schwarzen Hände.
20:40

Francesca an Maria
Ich bin Bibliothekarin in der Protasiana, einer 1770 von Kaiserin Maria-Theresia gegründeten Bibliothek. Ein sehr schöner Ort, klein und intim. Dazu gehört auch ein Archiv für Alte Musik.
20:42

Maria an Francesca
Schön! Und was machst du da genau?
20:43

Francesca an Maria
Ich kümmere mich um das Archiv, den Katalog und Neuerwerbungen. Ich habe eine Schwäche für diese Art Arbeit, zu Hause nennen sie mich Ordinette. Ich helfe auch den Besuchern und berate sie bei der Auswahl ihrer Lektüre. Eigentlich bin ich Mediävistin, aber ich kenne mich auch ganz gut in Gegenwartsliteratur aus. Deshalb stelle ich manchmal Autoren und ihre Bücher vor. Und morgen kommt Stefano De Vecchi, ein Krimiautor.
20:47

Maria an Francesca
Ein echt netter Kerl, der dir gefällt? Ist er denn attraktiv?
20:47

Francesca an Maria
Nun ja … soo attraktiv nun auch wieder nicht. Aber … wo wir schon über die Arbeit sprechen … Eigentlich habe ich nicht verstanden, was du genau machst, aber es interessiert mich. Willst du mir nicht mal erzählen, wie ein normaler Arbeitstag bei dir aussieht?
20:48

Maria an Francesca
Sehr gerne! Aber das dauert länger. Ich schreibe dir, wenn ich Zeit habe, okay?
20:49

Francesca an Maria
Klar, ich muss hier auch loslegen, es ist schon spät.
20:50

Francesca an Carlo
Bist du schon da?
17:25

Carlo an Francesca
Wo meinst du? Ich bin im Büro.
17:25

Francesca an Carlo
Du musst zur Ballettschule! Chiaras Unterricht ist um halb sechs aus!

Carlo an Francesca
Oh, das hatte ich ganz vergessen, dann mach ich mich mal auf den Weg. Zur Not muss sie eben zehn Minuten warten.
17:28

Francesca an Carlo
Carlo! Sie ist vier Jahre alt. Sie wird denken, wir hätten sie vergessen!
17:28

Carlo an Francesca
Sie wird schon nicht daran sterben!
17:29

Stella an Francesca

Liebe Signora Francesca, ich bin Stella von der Ballettschule »Prinzessinnen im Tutu«. Ihre Tochter Chiara wartet in der Garderobe, sie steht dort schon seit zwanzig Minuten weinend auf einer Bank und will sich nicht umziehen. Wann kommen Sie?

17:50

Von: mariacolucci@hotmail.com
An: f.frigerio@beniculturali.it
Betreff: Was ich bei meiner Arbeit mache
29. Januar 2017, 9:03

Stell dir eine Metro vor oder auch einen Bahnhof … Solche Objekte haben irgendwo ein technisches Informationssystem, das man Zentrale Kontrollabteilung nennt. Dort arbeiten Leute, die das Gleiche machen wie die Fluglotsen am Flughafen, nur dass sie kein Radar haben, sondern Bildschirme, auf denen sie die Metro-Linien sehen, die Weichen, die Ampeln, die Züge. Von hier aus kontrollieren und leiten sie die Züge und Metros. Damit all dies funktioniert, gibt es physikalische und elektronische Systeme, die mit den Gleisen, den Signalen, den Weichen, den Ampeln verbunden sind … Ich arbeite in der Planung dieser Systeme, doch hat das weder etwas Exotisches, noch ist es aufregend. Mein Arbeitstag ist ähnlich wie der von allen, die im Büro arbeiten. Computer, Besprechungen beim Chef, wieder Computer, Mails, Treffen mit den Kollegen, Telefonate mit anderen Ämtern … Bist du im Bilde, oder willst du noch mehr wissen?

Ciao, ciao,

Maria

Francesca an Maria
Ich bin im Bilde, danke! Das scheint mir ein typisch männlicher Beruf zu sein. Arbeitest du unter lauter Männern?
9:15

Maria an Francesca
In meinem Büro gibt es drei Frauen, zwei Architektinnen und eine Ingenieurin (mich). Die Chefs sind alles Männer.
9:16

Francesca an Maria
Ja, die Chefs sind immer Männer … Woher kommt eigentlich deine Vorliebe für Mathematik?
9:17

Maria an Francesca
Gute Frage. Vielleicht hat das etwas mit meiner Empfindlichkeit zu tun. Die Logik in der Mathematik bietet mir Sicherheit, ich fühle mich einfach wohl, wenn ich mit Zahlen zu tun habe oder etwas berechnen kann. Zudem hat meine Arbeit eine stark ästhetische Komponente. Nicht zufällig verwendet man den Begriff der »Systemarchitektur«. Wenn man ein Schema sieht, dem es an Ausgewogenheit fehlt und dessen Kohärenz man nicht versteht, muss man immer misstrauisch sein. Genau wie bei einer Wohnung, in der man nicht weiß, wo ihr Zentrum liegt, und in der man sich deshalb nicht orientieren kann.
9:21

Francesca an Maria
Wow, ich bin beeindruckt! Danke für die Ausführungen. Klingt für mich trotzdem ziemlich kompliziert. Jedenfalls ist es etwas ganz anderes als das, was ich mache.
9:25

Polpo alla cretese

Tintenfisch nach kretischer Art

Francesca an Mama
Mama, kannst du übermorgen Chiara beim Ballett abholen?
10:15

Mama an Francesca
Und was machst du?
10:17

Francesca an Mama
Ich habe eine Fortbildung und fürchte, ich schaffe es nicht.
10:18

Mama an Francesca
Aber du arbeitest doch Teilzeit.
10:19

Francesca an Mama
Na schön, Mama. Wenn du nicht kannst, muss ich eben Carlo fragen. Aber erst gestern hat er die Kleine stundenlang in der Garderobe warten lassen.
10:19

Mama an Francesca
Der arme Mann, er muss schon an so vieles denken! Und du drückst ihm immer noch mehr aufs Auge.
10:25

Francesca an Mama
Hallo? Sie ist auch seine Tochter! Aber gut, dann frage ich Luz. Ist wahrscheinlich eh besser.
10:26

Mama an Francesca
Luz? Ich weiß nicht. Nachher geht sie noch mit dem Kind shoppen, und dann kommt sie womöglich mit Fluo Ballerinas nach Hause … die sind so gewöhnlich!
10:28

Francesca an Mama
Heißt das, du machst es?
10:28

Von: stefanodevecchi@tiscali.it
An: f.frigerio@beniculturali.it
Betreff: Einzelheiten
31. Januar 2017, 11:04

Liebe Francesca,
ich fühle mich sehr geschmeichelt, dass du meinen Roman in der Protasiana vorstellst, und gebe zu, dass ich ein wenig aufgeregt bin. Ich hatte schon das Vergnügen, dich bei anderen glücklichen Autoren am Werk zu sehen. Du hast so eine wunderbare Art, Leute dazu zu bringen, sich wohlzufühlen. Ohne es zu merken und als sei es die natürlichste Sache der Welt, beginnen sie über sich zu sprechen, ihre Geheimnisse, ihr Inneres zu offenbaren. Diese Aussicht reizt mich, macht mich aber auch verlegen. Es ist, als würde ich mich dir ohne Kleider zeigen – natürlich im übertragenen Sinn.

In diesem Zusammenhang denke ich, dass es gut wäre, wenn wir uns vor der Lesung noch einmal treffen könnten, um uns in entspannter Atmosphäre etwas besser kennenzulernen und uns abzustimmen. Auf einen Kaffee möchte ich dir nicht vorschlagen – das ist mir zu sehr auf die Schnelle, zu laut, zu ungemütlich –, aber was hältst du von einem kleinen feinen Imbiss mit einem Glas Champagner? Das hat doch mehr Stil als eine Espresso-Bar und passt im Übrigen auch besser zu dir. Darf ich also für morgen Abend um 19:30 einen Tisch für zwei Personen in der Champagneria bestellen?

Dein sehr ergebener
Stefano

Francesca an Luz
Hilfe! De Vecchi hat mich zum Aperitif eingeladen!
18:15

Luz an Francesca
Na und? Warum regst du dich so auf? Du gehst doch hin, oder?
18:15

Francesca an Luz
Hmmm … ich weiß nicht, der ist so ein Schleimer.
18:16

Luz an Francesca
Das sind in der Regel die Harmloseren.
18:17

Francesca an Luz
Er will mit mir in die Champagneria gehen! Kennst du diesen Laden? Weiße Tischdecken und Kerzen und so. Der will mich abschleppen.
18:18

Luz an Francesca
So sieht's aus.
18:19

Francesca an Luz
Was soll ich machen?
18:19

Luz an Francesca
Lass dich drauf ein. Geh hin. Auf diese Weise kannst du wenigstens feststellen, ob die Hormone noch klickern.
18:20

Francesca an Luz
Luz, ich habe zwei Kinder, natürlich klickern sie noch.
18:21

Luz an Francesca
Ja, und das jüngste ist vier. Ein kleiner Test schadet sicher nicht.
18:22

Francesca an Luz
Ich bin verheiratet!
18:23

Luz an Francesca
Meine Güte, du musst ja nicht gleich mit ihm ins Bett steigen. Geh einfach hin und schau, wie der Abend wird, und wenn es dir gefällt, bleibst du vielleicht noch auf ein zweites Glas und hast ein bisschen Spaß. Carlo ist doch sowieso auf Dienstreise, oder? Was das Auge nicht sieht, plagt das Herz nicht.
18:24

Von: f.frigerio@beniculturali.it
An: mariacolucci@hotmail.com
Betreff: der Rat einer Freundin
31. Januar 2017, 19:00

Liebe Maria,
heute Abend schreibe ich dir nicht wegen eines Kochrezepts, sondern um eine Freundin um Rat zu fragen. Ja, du hast richtig gelesen. Dieses Wort kommt mir unweigerlich in den Sinn, wenn ich an dich denke, und obwohl wir uns noch nie gesehen haben, vertraue ich dir. Ich brauche deinen Rat in einer Angelegenheit, die mich ein bisschen beunruhigt. Bei dir kann ich wenigstens sicher sein, dass du unvoreingenommen bist, denn wir haben ja keine gemeinsame Vergangenheit.

Erinnerst du dich noch an den Schriftsteller, von dem ich dir erzählt habe? Den Krimiautor, dessen Buch ich in der Protasiana vorstellen soll? Er hat mich zum Aperitif eingeladen. Um über den Ablauf des Abends zu reden, behauptet er, aber gleichzeitig redet er von meiner wunderbaren Art, Leuten ein gutes Gefühl zu geben, so dass sie sich öffnen und ihr Inneres zeigen, gewissermaßen die Hüllen fallen lassen. Es klang ziemlich zweideutig, und das Ganze kommt mir wie ein Vorwand vor. Ich möchte nicht in eine heikle Situation geraten. Auf der anderen Seite reizt es mich ein wenig, zu schauen, was passiert, und wieder mal zu spüren, wie es ist, wenn mir jemand den Hof macht (ich bin seit fünfzehn Jahren verheiratet und immer treu gewesen). Was soll ich tun, liebe Maria? Was würdest du tun?

Ich warte gespannt auf deine Antwort
Francesca

Von: mariacolucci@hotmail.com
An: f.frigerio@beniculturali.it
Betreff: Re: der Rat einer Freundin
31. Januar 2017, 19:00

Liebe Francesca,
ich weiß nicht, ob ich die Richtige für solche Ratschläge bin, aber ich freue mich, dass du mir dein Vertrauen schenkst. Dass du dir so viele Gedanken machst, ist meines Erachtens ein deutlicher Hinweis darauf, dass dieser Mann dir gefällt, also geh hin. Geh hin und hör dir an, was dir dieser supertolle Autor zu sagen hat (über das Abendprogramm will er sicher nicht reden), geh hin und finde heraus, was für eine Art Mann er ist, ob es einer ist, der dich aus einer Laune heraus will (er will dich ganz bestimmt), oder weil er echtes Interesse an dir hat.

Im ersten Fall kannst du ein bisschen flirten (das macht doch Spaß!), und wenn du Lust darauf hast, kannst du auch mal Dinge tun, die eine verheiratete Frau eigentlich nicht machen sollte, das ist schließlich kein Weltuntergang. Du wirst ja sehen, ob er dir körperlich gefällt, deine Freundinnen werden dich beneiden, du wirst später leicht beschwingt an dieses Intermezzo zurückdenken, und das war's dann auch schon! So etwas kann sehr erfrischend sein und tut keinem weh.

Wenn aber dieser Mann ein Mann ist, der dich *wirklich* kennenlernen will, und du, Francesca, in sein Inneres schauen willst und du dem Reiz des nächsten Wiedersehens nicht widerstehen kannst, dann überlege es dir gut, denn dann ist Gefahr im Verzug. Wenn die Liebe ins Spiel kommt, wird die

Sache kompliziert, dann wird alles durcheinandergewirbelt, und der Ausgang ist ungewiss. Aber auch in diesem Fall spielt das Leben nun mal, wie es spielt. Wie willst du dich dem entziehen?

Maria

Maria an Francesca
Na, wie war es mit dem Schriftsteller? Hattest du wieder schwarze Finger wegen der Artischocken?
11:20

Francesca an Maria
Nein, keine schwarzen Finger. Und das Treffen war … schön. Er war sehr nett, ich glaube, er hat mir wirklich ein bisschen den Hof gemacht …
11:22

Maria an Francesca
Oh! Erzähl mir mehr davon!
11:23

Francesca an Maria
Ich schreibe dir eine Mail. Es ist eine längere Geschichte.
11:24

Von: f.frigerio@beniculturali.it
An: mariacolucci@hotmail.com
Betreff: Du hattest recht
1. Februar 2017, 13:35

Liebe Maria,
du hattest wirklich recht! Es war gut, dass ich hingegangen bin. Der Abend hat mir irgendwie gutgetan. Ich hatte die ganze Zeit das Gefühl, dass er mit mir flirtet, allein durch die Art, wie er mit mir geredet hat – so leicht ironisch und auf gewisse Weise komplizenhaft.

Er hat sich ein bisschen lustig gemacht über meine Tugend als Ehefrau, Familienmutter etc., und am Ende hat er mich für nächste Woche zu sich nach Hause eingeladen, um die Dinge »zu vertiefen«, so drückte er es aus, aber was er vertiefen will, hat er nicht gesagt. Er interessiert sich auch für meine Küche … Es war anregend und auch ein bisschen aufregend, aber ohne Folgen. Es ist wirklich Jahre her, dass jemand bei Kerzenschein mit mir geflirtet hat. Es hat mein Selbstbewusstsein gestärkt und eine Leichtigkeit in mir erzeugt, die mir sonst fehlt – ich weiß nicht, ob wegen meines Wesens oder weil ich sie irgendwann verloren habe. Jedenfalls tut mir diese neue Leichtigkeit sehr gut.

Ich schwebe ein bisschen über dem Boden, ich fühle mich plötzlich begehrenswert, selbst mein Teint ist strahlender – dabei habe ich gar nichts dafür getan, außer zuzulassen, dass ein interessanter Mann sich einen Abend lang ein bisschen für mich interessiert. Ist das nicht seltsam? Aber du wusstest von Anfang an, wie es laufen würde, stimmt's? Du hast offenbar Erfahrung mit solchen Dingen, liebe Maria. Danke für deinen Rat.

Francesca, die Verruchte

PS: Weißt du eigentlich, dass du manchmal so denkst wie ein Mann?

Maria an Francesca
Dann hat er dir also nicht nur »ein bisschen den Hof gemacht«.
13:36

Francesca an Maria
So ein Unsinn!
13:36

Maria an Francesca
Und? Wirst du zu ihm gehen, um die Dinge zu »vertiefen«? Was hast du ihm geantwortet?
13:38

Francesca an Maria
Ich habe ihn zu uns zum Essen eingeladen, mit Carlo und den Kindern. Das schien mir eine freundliche und gleichzeitig klare Botschaft zu sein.
13:40

Maria an Francesca
Und er?
13:42

Francesca an Maria
Hmmm … Wenn ich so darüber nachdenke … Er hat das Thema gewechselt und seine Aufmerksamkeit einer Leserin gewidmet, die ihn erkannt hatte und ihn bat, ihr sein Buch zu signieren, das sie gerade gekauft hatte. Da war er wieder super galant.
13:48

Maria an Francesca
Aha. Genau, wie ich es mir gedacht habe.
13:49

Francesca an Maria
Was meinst du damit? Ich habe ihm jedenfalls nichts vorgemacht.
13:50

Maria an Francesca
Nun ja … Mir kannst du es doch ruhig sagen: Hat es dir nicht einen kleinen Stich versetzt, als er sich so für diese Leserin interessiert hat?
13:52

Francesca an Maria
Ein bisschen schon, aber ich war auch erleichtert.
13:55

Francesca an Maria
Dieses Gefühl, einerseits möchte ich gern, andererseits aber auch nicht, ist sehr verbreitet, oder?
13:58

Francesca an Maria
Warum? Geht dir das auch so?
14:00

Maria an Francesca
Es heißt, alle Frauen seien so.
14:03

Francesca an Maria
Nun, ich würde das nicht für alle gelten lassen. Ich wette, hier in Mailand hätte sich nur eine von zehn verheirateten Frauen der Avancen De Vecchis erwehrt.
14:10

Maria an Francesca
Aber du hast es getan und zugleich auch nicht! Deine Einstellung zum Ehebruch erinnert mich an die Quantenphysik, eine Art Schrödingers Kätzchen.
14:11

Francesc an Maria
Was für ein Kätzchen?
14:11

Maria an Francesca
Schrödingers Katze, ein berühmtes Experiment aus der theoretischen Physik … Aber das erkläre ich dir ein anderes Mal. Erzähl mir lieber noch etwas von deinem coolen Autor. Wie ist das jetzt für dich?
14:12

Francesca an Maria
Ich bin etwas beunruhigt. Er schreibt mir, dass er mich unbedingt wiedersehen will. Er macht sich nicht mal mehr die Mühe, irgendeinen Vorwand zu finden.
14:13

Maria an Francesca
Und du?
14:13

Francesca an Maria
Was ich?
14:14

Maria an Francesca
Reizt dich der Gedanke? Würdest du gern wissen, was passiert, wenn du ihn wieder triffst, oder interessiert es dich nicht? Entschuldige, ich bin einfach nur neugierig. Natürlich kannst du mich wegen meiner unverschämten Fragen auch zum Teufel schicken …
14:16

Francesca an Maria
Nein, nein, das ist schon in Ordnung, du bist schließlich meine Freundin – und mehr als das. Irgendwie fällt es mir sogar leichter, mit dir über heikle Dinge zu sprechen als mit meinen … na ja … sagen wir mal *konventionelleren* Freundinnen.
14:18

Maria an Francesca
Ach ja?
14:19

Francesca an Maria
Ja. Ehrlich gesagt, weiß ich nicht so richtig, wie ich mit dieser Sache umgehen soll, und ich sage dir auch warum: weil dieser De Vecchi mir nicht nur gut gefällt, sondern auch den richtigen Ton trifft, egal, ob er mit mir redet oder mir schreibt. Er hat diese Leichtigkeit, dann aber auch wieder etwas Ernsthaftes – beides gefällt mir. Wenn das so weitergeht, stecke ich bald in großen Schwierigkeiten, fürchte ich.
14:21

Maria an Francesca
Das fürchte ich auch.
14:24

Francesca an Maria
Maria, es ist mir fast ein bisschen peinlich, aber ich bin eine treue Frau. Es ist nicht groß in Mode, aber bei mir ist es nun mal so.
14:25

Maria an Francesca
Wenn du meine Meinung dazu wissen willst: Treue ist ein Wert, der durch Repression entsteht, oder durch Selbstunterdrückung. Ein Mann gefällt dir, du lernst ihn besser kennen, er umwirbt dich, aber du beschließt, nichts mit ihm anzufangen.

In diesem Fall bist du treu. Treu zu sein ist also nichts als das Ergebnis widernatürlicher Unterdrückung von Verlangen. Dieser Typ scheint dich auf die Probe zu stellen, oder? Warum solltest du deine Neugier bremsen? Lass dich ruhig ein bisschen auf das Spiel ein …
14:30

Francesca an Maria
Er macht einfach nichts falsch, Maria, und das ist das Problem!
14:35

Maria an Francesca
Willst du nicht herausfinden, wie du auf seine nächsten Schritte reagierst? Wo er doch immer den »richtigen Ton« trifft …?
14:36

Francesca an Maria
Ich bin nicht nur neugierig, eigentlich möchte ich sogar, dass er mir weiterhin den Hof macht. Und genau das macht mir Sorgen.
14:38

Maria an Francesca
Also, ich finde das alles ganz normal, aber das habe ich dir ja schon gesagt. Wenn du dich vor der Welt verstecken musst, um treu zu sein, verliert deine Treue ihre Bedeutung.
14:40

Francesca an Maria
Dann sag mir, wie ich es machen soll? Soll ich mitspielen, das Ganze laufen lassen und irgendwann sagen: Bis hierher und nicht weiter? Meinst du das?
14:41

Maria an Francesca
Ob man sich den Hof machen lässt oder sich ohne triftigen Grund, ohne wahre Leidenschaft gleich ganz hingibt, ist ein Unterschied. Eins ist sicher: Ich bin angesichts meines eigenen Liebeslebens keine gute Ratgeberin auf diesem Gebiet. Ciao, ich muss weiterarbeiten.
14:44

Stefano an Francesca
Wann sehen wir uns wieder, tugendhafte Frau?
14:10

Francesca an Stefano
Lieber Stefano, diese Woche habe ich sehr viel zu tun. Wir hören voneinander.
14:11

Francesca an Luz
Hilfe! Er schreibt mir andauernd!
14:11

Luz an Francesca
Klar, du hast ihn ja auch den ganzen Abend zum Träumen gebracht.
14:12

Francesca an Luz
Was redest du da, das stimmt nicht!
14:12

Luz an Francesca
Und ob das stimmt. Mir machst du nichts vor. Ich kenne dich.
14:13

Von: mariacolucci@hotmail.com
An: f.frigerio@beniculturali.it
Betreff: Ad-hoc-Rezept: Polpo alla cretese
2. Februar 2017, 19:48

Liebe Francesca,
da sich in deinem Leben ein recht hitziges Klima entwickelt hat – und auch, um unseren kulinarischen Austausch wiederaufzunehmen –, möchte ich dir ein Rezept vorschlagen, das mir für diesen Fall oder besser gesagt für deinen genau das Richtige zu sein scheint. Dieses Gericht ist nicht typisch römisch, aber ich koche es schon seit Jahren, und es ist gewissermaßen ein Teil von mir. Ich weiß nicht, ob man in Kreta Tintenfisch wirklich so kocht wie in meinem Rezept, denn als ich dort in Ferien war, habe ich ihn nirgends so gegessen. Ich habe das Rezept aus dem Buch *Die Küche der lässlichen Sünden* von Manuel Vázquez Montalbán. Kennst du es? (Du kennst es sicher, was für eine dumme Frage, du bist schließlich Bibliothekarin.) Vielleicht hat der Autor es sich selbst ausgedacht. Ich glaube allerdings, dass ich mal wieder nach Kreta fahren sollte, um mich dem Original anzunähern. Ich mag dieses Rezept besonders, weil man damit ein vollwertiges Gericht hat, reichhaltig, gut gewürzt, einfach und genial, wie ich es mag. Solche Gerichte sind mir die liebsten. Sie haben Substanz, Geschmack, passen eigentlich immer und sind vielseitig einsetzbar: zum Beispiel als warme Vorspeise, als Hauptgericht oder man kann sie auch als einzigen Gang nehmen. Wenn man die Sauce streckt, kann man auch Pasta damit machen.

Du nimmst eine mittelgroße Zwiebel, 800 g Tintenfisch, 250 g Rotwein (einfachen aber keinen Fusel!), ein Sträußchen zerhackten wilden Fenchel, vier Tomaten oder eine Dose gestückelte Tomaten, Öl, Salz und Pfeffer.

Die Zwiebel brate ich an, bis sie glasig wird, dann gebe ich den Tintenfisch hinzu.

Das Rezept schlägt die Fangarme eines großen Fischs vor, die dann in Scheiben geschnitten werden, aber ich nehme meistens drei oder vier kleine Tintenfische (jeder 200 bis 300 g schwer), weil das Gericht so schöner aussieht und die Tintenfische zarter sind.

Wenn der Tintenfisch den Geschmack der Zwiebel angenommen hat, gib den Rotwein dazu und bring alles zum Kochen, dann lass es zugedeckt 15 Minuten auf kleiner Flamme köcheln. Benutze dazu einen großen Schmortopf.

Jetzt gib den Fenchel dazu, außerdem Tomaten, Salz und Pfeffer, ich benutze nur ganz wenig Salz, weil der Tintenfisch an sich schon salzig ist. Ich glaube allerdings, in Mailand haben die Tintenfische nicht so einen ausgeprägten Geschmack, deshalb …

Koche alles 40 Minuten auf kleiner Flamme und benutze den Deckel, um die Menge der Flüssigkeit zu regulieren.

Montalbán weist darauf hin, dass man das Gericht an einem warmen Spätsommerabend auf einer Veranda essen sollte. In dem Buch macht er auch ein paar erotische Anspielungen, die vielleicht ein wenig übertrieben sind. Er spricht von englischen Touristinnen, Müttern und Töchtern, die alles locker nehmen und sich unter der griechischen Sonne amüsieren – es klingt nach reizvollen Ferien. Einen Abschnitt zitiere ich dir hier gerne: »Der Gaumen entschlüsselt die Aromen und weiß genau, dass wilder Fenchel und Rotwein bedeuten: lass dich gehen und genieß es« … Ich kann dir jetzt nicht sagen, ob dieses Gericht ein Aphrodisiakum ist, aber wie schon gesagt, es ist nicht aufwändig, macht Eindruck und ist vielseitig einsetzbar.

Den Fenchel kannst du als Sträußchen kaufen, im Centro-Sud wächst er auch am Straßenrand, aber nicht in Padanien. Wenn du keinen frischen findest, kannst du auch Fenchelsamen nehmen: Dann schmeckt es ein wenig anders, aber immer noch gut.

Bereite das Gericht einen Tag vorher zu und stell es dann in den Kühlschrank. Am nächsten Abend holst du es heraus und gehst mit deinem Mann aus: Ihr geht ins Kino oder ins Konzert, und wenn ihr zurückkommt, esst ihr es in Zimmertemperatur. Mach eine Flasche Rotwein auf und nehmt gutes Brot zum Eintunken. Ich weiß nicht, wie der Abend endet, aber es geht in jedem Fall gut aus.

Ciao, ciao,

Maria

PS: Darf ich mir erlauben, dir vorzuschlagen, was es zu trinken geben soll? Rotwein, ja, aber welchen? Frisch, jung, herb und würzig sollte er sein. Zum Beispiel einen Roten vom Ätna (einen Nerello Mascalese wie der Eruzione 1614 von Planeta), der hat übrigens auch einen hohen Alkoholgehalt.

Pollo con i peperoni

Paprikahühnchen

Von: nicola.proietti@ilcorpoelospirito.com
An: fabio.colucci@raildesign.it
Betreff: Abend in der Osteria in Prati
3. Februar 2017, 20:00

Ciao, Fabio,
was ich dir neulich bei unserem Telefongespräch gesagt habe, möchte ich jetzt bestätigen. Der Abend findet statt, Ende des Monats, und du sollst kochen! Wir machen es aber nicht in der Weinbar »Il Corpo e lo Spirito«, weil unsere Küche dafür nicht geeignet ist, es findet in der Osteria in Prati statt, mit nicht mehr als zwanzig Gedecken. Es soll ein Menü geben und eine Weinprobe. Ich stelle mir einen Preis von 70 bis 80 Euro für alles vor, Weinverkostung inclusive. Bitte schlag mir drei Termine für unter der Woche vor, zwischen Ende Februar und Mitte März. Es kann ein Dienstag, Mittwoch oder Donnerstag sein. Denk dir ein Menü aus und wähle ein paar passende Weine aus, dann reden wir darüber. Wir müssen auch eine Kostenaufstellung machen, ein Programm für den Abend entwerfen etc. …

Ciao, Starkoch!
Nicola

Von: fabio.colucci@raildesign.it
An: nicola.proietti@ilcorpoelospirito.com
Betreff: Re: Abend in der Osteria in Prati
3. Februar 2017, 22:00

Ciao, Nicola,
du ahnst nicht, wie glücklich mich dein Brief gemacht hat! Mein Herz schlägt gleich höher.

Ich danke dir, dass du an mich gedacht hast, und natürlich für dein Vertrauen in meine Kochkünste. Ich werde mein Bestes geben, um es richtig gut zu machen.

Ich habe auch schon eine Idee, was ich kochen könnte, sag mir, was du davon hältst. Ich stelle mir Folgendes vor: Ein Menü rund um den Baccalà, Blindverkostung von Spumante Metodo Classico und Champagner.

Zwei Vorspeisen: Stockfisch mit Zitrusfrüchten, gegart auf kleiner Flamme, und Stockfischcarpaccio mit weißer Caponata.

Erster Gang: Maltagliati in Baccalàschaum mit gerösteten Artischocken.

Zweiter Gang: Baccalà Pil Pil.

Für die Verkostung würde ich vier Flaschen vorschlagen: zweimal Spumante, zweimal Champagner.

Für den italienischen Schaumwein: Bellavista Pas Operé (Assemblage) und Opera Valdicembra Nature (das ist ein Blanc de Blancs).

Für den Champagner: einen Blanc de Blancs und einen Classico assemblage, welchen, das entscheidest du.
Was meinst du dazu?

Von: nicola.proietti@ilcorpoelospirito.com
An: fabio.colucci@raildesign.it
Betreff: Re: Re: Abend in der Osteria in Prati
3. Februar 2017, 22:30

Fabio, das hört sich sehr interessant an, mit der Blindverkostung zwischen Italien und Frankreich wird das für alle sicher ein unvergesslicher Abend! Ich muss aber wegen der Getränke auch auf das Budget achten, es darf nicht zu teuer werden. Wir sprechen uns bald wieder.

Ciao,
Nicola

Fabio an Gianni
Du sagst doch immer, dass ich den Beruf wechseln soll. Die von der Weinbar Il Corpo e lo Spirito haben mich eingeladen, Ende des Monats bei einem Weinprobeabend Gastkoch zu sein. Kommst du auch?
23:00

Gianni an Fabio
Klar komme ich! Kochst du da echt? Und was kochst du?
23:02

Fabio an Gianni
Ja, ja, ich koche und mache ein Menü mit verschiedenen Baccalàrezepten und einer Schaumweinprobe, Champagner und Franciacorta!
23:03

Gianni an Fabio
Das klingt ja fantastisch! Kann ich meine Freundin mitbringen?
23:04

Fabio an Gianni
Welche? Nur, damit ich Bescheid weiß …
23:04

Francesca an Maria
Maria, ich hab's getan! De Vecchi hat mich wieder eingeladen, und ich habe zugesagt – eine Einladung zum Essen bei ihm zu Hause.
9:08

Maria an Francesca
Hab ich was verpasst? Hast du dich vergessen? Ehebruch? Ist es schon so weit?
9:09

Francesca an Maria
Was sagst du da? Mach mir nicht mehr Angst, als ich so schon habe. Ausgerechnet du, nachdem du mir gesagt hast, man kann das Leben nicht aufhalten! Sieh in unserem Chat nach, das hast du geschrieben! Und jetzt sag mir lieber, was ich anziehen soll!
9:10

Maria an Francesca
Das ist eine echte Herausforderung. Ich habe dich noch nie gesehen, ich weiß gar nicht, was für ein Typ du bist, und deinen Autor kenne ich auch nicht. (Aber ich kann ihn mir gut vorstellen, so ein Intellektueller, der viel Süßholz raspelt.) Das Einzige, was ich so langsam kennenlerne, ist deine Art zu kochen. Würdest du meinen Ratschlägen, was du anziehen sollst, denn überhaupt folgen?
9:12

Francesca an Maria
Ja natürlich! Ich bin total in Panik. Ich brauche deinen Rat.
9:13

Maria an Francesca
Na schön. Vielleicht suchen wir etwas aus, was zu deiner Art zu kochen passt. Je mehr ich darüber nachdenke, desto besser gefällt mir die Idee. Die Kleidung sollte deinen kulinarischen Vorlieben entsprechen. Ich mach mir mal ein paar Gedanken und melde mich später wieder. Bin gerade in einer Besprechung.
9:14

Von: mariacolucci@hotmail.com
An: f.frigerio@beniculturali.it
Betreff: mission impossible
4. Februar 2017, 19:23

Liebe Francesca,
hier bin ich, wie versprochen. Zuerst möchte ich dir sagen, dass ich mich durch dein Vertrauen sehr geschmeichelt fühle. Es ist nicht einfach, deinen Kleidungsstil an deiner Art zu kochen abzulesen. Ich werde mich sicher irren, aber es ist ein schönes Experiment und ich lasse mich gern drauf ein.

Wenn ich den Geist deiner Küche richtig verstanden habe, sieht es so aus:

1. Du kochst für andere aus Zuneigung, und nicht, um damit anzugeben. Du hast viele Freunde, und es macht dir nichts aus, wenn viele kommen und du die Gerichte etwas einfacher gestalten musst, die Freunde sind dir wichtiger.

2. Du suchst, du liest, du probierst gern Dinge aus, aber du entwirfst keine Gerichte *for show*, sondern es ist dir wichtiger, gut zu essen und dass die anderen etwas Schönes auf den Tisch bekommen. Erntest du Lob dafür, freust du dich.

3. Mit den Zutaten nimmst du es ernst, aber du bist nicht dogmatisch, bist weder strenge Vegetarierin noch nur bio, und du machst aus dem Essen auch keine Religion. Du bist ungebunden und frei.

Wenn ich so darüber nachdenke, erinnerst du mich an meine Oma Wanda, von der ich viel gelernt habe, und zwar nicht nur die römische Küche. Jetzt versuche ich mal, diese Prinzipien auf deine Art dich zu kleiden anzuwenden. Ich vermute, du ziehst dich sehr gut an, vielleicht Designersachen, aber in diesem Fall – wenn du nicht in der Küche arbeitest – machst du es für dich selbst und nicht, um anderen zu gefallen (was nicht bedeuten muss, dass du bei anderen keinen Gefallen findest). Ich nehme an, du hast einen eher minimalistischen Stil, aber mit ein paar originellen Details, vielleicht sind es die Schuhe, vielleicht bestimmte Accessoires … Wenn ich damit richtigliege, solltest du für das Abendessen mit De Vecchi nicht versuchen, besonders sexy auszusehen, sondern Kleidungsstücke wählen, in denen du dich wohlfühlst. Da es sich um einen Schriftsteller handelt, bewegst du dich ja schon auf deinem Terrain. Oje, mir scheint, ich bin mit der Anzieh-Psychologie ein bisschen übers Ziel hinausgeschossen! Zieh das hübscheste Kleid an, das du hast! Bezaubere ihn damit, und behalte die Oberhand, auch wenn er versuchen wird, sie zu bekommen (dir ist klar, dass er es versuchen wird, oder? Bist du darauf vorbereitet?).

Na, was sagst du? Wie findest du meinen Vorschlag?

Maria

Von: f.frigerio@beniculturali.it
An: mariacolucci@hotmail.com
Betreff: Re: mission impossible
4. Februar 2017, 21:30

Liebe Maria,
du bist großartig! Ich kann mich in dem, was du schreibst, gut wiedererkennen, nur bei einer Sache liegst du falsch: Mein

Kleidungsstil ist nicht minimalistisch. Da meine Arbeit schon so seriös ist, schlage ich hier ein bisschen über die Stränge. Ich mag Pailletten, Federn, kleine überraschende Hingucker (meine Mutter, die immer ganz damenhaft angezogen ist, schätzt das überhaupt nicht). Aber du hast recht, eigentlich mache ich es für mich selbst. Und natürlich für meinen Mann.

Francesca

Maria an Francesca
O, du tugendhafte Frau …
22:00

Francesca an Maria
Wusstest du, dass De Vecchi mich auch »tugendhafte Frau« nennt?
22:01

Maria an Francesca
Soso …
22:03

Francesca an Maria
Also gut, ich habe zwei Möglichkeiten: Ein Audrey-Kleid, ganz klassisch oder ein enganliegendes, fließendes Jerseykleid, rückenfrei, aber ich weiß nicht, das wirkt vielleicht so ein bisschen … Also – was soll ich anziehen?
22:04

Fabio an Guendalina
Guenda, SOS, ich brauche deine Hilfe! Was ist ein Audreykleid?
22:05

Guendalina an Fabio
Drehst du jetzt völlig durch? Warum willst du das wissen?
22:06

Fabio an Guendalina
Bitte! Ich erklär's dir später, ich muss Francesca aus Mailand raten, was sie anziehen soll. Ich schreibe gerade mit ihr. Hilf mir bitte!
22:07

Guendalina an Fabio
Hast du noch nie etwas von Audrey Hepburn gehört? Hast du nie *Frühstück bei Tiffany* gesehen? Audrey ist immer zauberhaft, mit schwarzen, sehr schlichten Kleidchen. Darum geht's. Das kleine Schwarze, du Dummkopf!
22:08

Fabio an Guendalina
Danke, Guenda, du bist ein Schatz. Ich erzähl dir alles später.
22:09

Guendalina an Fabio
Das will ich hoffen!
22:09

Maria an Francesca
Ich würde sagen das Audrey-Kleid, dieser Stil gefällt mir sehr. Ich glaube auch, dass das andere Kleid vielleicht etwas zu eindeutige Signale sendet für ein erstes Treffen. Am Ende versteht er es noch als Aufforderung …
22:10

Francesca an Luz
Luz, De Vecchi hat mich zum Abendessen eingeladen, und ich weiß nicht, was ich anziehen soll. Maria findet, ich sollte eher etwas Klassisches tragen, ein kleines Schwarzes.
8:35

Luz an Francesca
Was? Ein kleines Schwarzes? Am Ende noch mit Ballerinas! Ist das dein Ernst? Willst du aussehen wie eine Nonne? Bei einem wie dem muss man ein Dekolleté tragen, Spitze, alles ein bisschen transparent! Und wieso redest du eigentlich mit dieser Maria über so etwas? Ist sie dir jetzt wichtiger als ich?
8:36

Francesca an Luz
Aber nein, es ist nur so ein albernes Spiel: Maria hat von meiner Art zu kochen Schlüsse auf meinen Kleidungsstil gezogen. Und so sind wir auf das Thema gekommen.
8:40

Luz an Francesca
Wenn ich anhand deiner Küche erraten müsste, wie du dich anziehst, dann müsstest du selbst im Sommer mindestens sechs Schichten tragen – mit Schal, Hüten und Schleiern, hier und da ein paar Federn, Glitzersteine, schwindelerregend hohe Absätze oder Trekking-Schuhe. Und darunter nur Dessous von La Perla.
8:44

Francesca an Luz
Siehst du mich wirklich so?
8:45

Luz an Francesca
Das war ein Witz. Du hast eigentlich gar keinen festgelegten Stil. Weder beim Kochen noch in der Art, dich anzuziehen. Im Grunde deines Herzens bist eine kleine Anarchistin, und deshalb mag ich dich. Aber auf diese Maria bin ich schon ein bisschen eifersüchtig!
8:47

Francesca an Luz
Wie kann man nur so empfindlich sein! Und ich trage auf keinen Fall Spitze. Bei De Vecchi weiß man nie!
8:48

Luz an Francesca
Doch, weiß man.
8:49

Maria an Francesca
Wie läuft's?
20:00

Maria an Francesca
Alles okay?
20:24

Maria an Francesca
Ich gehe nicht vor Mitternacht schlafen (außer wenn eine ungelöste Gleichung mich beschäftigt), ruf an, wann immer du möchtest.
21:32

Maria an Francesca
Offenbar hast du dein Telefon zu Hause gelassen … Oder …
22:03

Maria an Francesca
Also dann … Gute Nacht. Ich hoffe, du hast dich heute Abend gut amüsiert. Ich lasse mein Telefon an, falls du mir doch noch schreiben möchtest.
00:04

Von: mariacolucci@hotmail.com
An: f.frigerio@beniculturali.it
Betreff: Schweigen
7. Februar 2017, 9:15

Liebe Francesca,
na? Wie war's? Ich habe dir gestern noch ein paar Whatsapps geschickt, aber du hast nicht geantwortet … Dafür kann es zwei Gründe geben: Entweder du hast dein Telefon zu Hause gelassen oder du warst zu sehr mit diesem Typen beschäftigt, um deiner virtuellen Freundin zu antworten. Ich brenne darauf zu erfahren, wie der Abend lief. Willst du mir nichts erzählen?

Maria

Von: f.frigerio@beniculturali.it
An: mariacolucci@hotmail.com
Betreff: Re: Schweigen
7. Februar 2017, 10:30

Liebe Maria,
ich nutze meine Kaffeepause, um dir von gestern Abend zu berichten (Ja, ich habe alle deine Whatsapp gesehen, aber ich fand es unhöflich, mit dir zu schreiben, während ich mit ihm zusammen war, trotzdem danke für dein Interesse, du hättest dir aber nicht solche Sorgen zu machen brauchen!). Tja, was soll ich sagen? Es ist gar nicht so leicht. Ich bin mir nicht sicher, was zwischen uns passiert. Er war super charmant, vielleicht fast ein bisschen übertrieben, aber offensichtlich liegt ihm viel

an mir. Er hat nur einmal versucht mich zu küssen, aber als er meinen Gesichtsausdruck sah (zwischen Erschrecken und Spott), hat er abgewinkt und gelacht und behauptet, dass er kein Interesse an einem Sex-Abenteuer hat. Ich glaube ihm nicht so ganz, war aber irgendwie erleichtert. Eins aber beschäftigt mich nun wirklich. Ich habe mich gestern Abend richtig wohlgefühlt, ich fand es schön, mir ging es gut, ich kann es leider nur so vage ausdrücken. Ich weiß nicht, ob es nur die Bestätigung war, aber als ich mit ihm zusammensaß und er mir gegenüber so unglaublich aufmerksam war, habe ich mich sicher gefühlt und war ganz glücklich. Meinst du, das ist schlimm?

Deine ziemlich verwirrte Francesca

PS: Kannst du mir ein richtig gutes, reichhaltiges Rezept schicken? Ich muss meine Anspannung ein bisschen abbauen.

Von: mariacolucci@hotmail.com
An: f.frigerio@beniculturali.it
Betreff: Es wird ernst
7. Februar 2017, 13:15

Liebe Francesca,
du bist ja ganz schön aufgeregt. Richtig so! Denn ich sehe in all dieser »Korrektheit« von De Vecchi auch eine Gefahr: Vorsicht, Verliebtheit! Wenn ein Mann es geschafft hat, dich zu sich nach Hause einzuladen, und dann nur wegen einer Gesichtsregung von dir davon ablässt, dich rumkriegen zu wol-

len, wenn er nichts weiter unternimmt, um dich Richtung Sofa oder Bett zu lotsen, wo du schon mal da bist, dann ist das ein untrügliches Zeichen dafür, dass er dabei ist, sich in dich zu verlieben. Ich muss an einen alten Film denken. *Gefährliche Liebschaften*. Darin gibt es eine Szene, in der der Graf von Valmont (John Malkovich) Madame de Tourvel (Michelle Pfeiffer) so gut wie erobert hat. Aber er nutzt den Moment nicht aus, geht nicht mit ihr ins Bett (noch nicht). Als die alte Tante von Madame de Tourvel von der Zurückhaltung des Grafen erfährt, weißt du, was sie da macht? Sie sagt: »Verschwinde, und lass dich hier nie mehr blicken!« Mit anderen Worten: Sie fürchtet einen zärtlichen, »sanften« Valmont mehr als den stürmischen Verführer. Die alte Tante weiß Bescheid. Sie fürchtet die Liebe, weil sie weiß, dass sie sehr weh tun kann. Verstehst du, was ich meine? Wenn ja, rate ich dir, sehr, sehr – wirklich sehr! – vorsichtig zu sein.

Deine Maria

Von f.frigerio@beniculturali.it
An: mariacolucci@hotmail.com
Betreff: Re: Es wird ernst
7. Februar 2017, 14:30

Liebe Maria,
wenn du mich erschrecken wolltest, dann ist es dir gelungen. Ich habe heute Nacht kein Auge zugetan, für eine ganze Armada gekocht, und heute früh habe ich meiner Mutter und meiner Freundin Luz das vorbeigebracht, was nicht mehr ins

Tiefkühlfach passte. Ich glaube aber nicht, dass es so ausgehen wird, wie du schreibst, wirklich nicht: Ich bin nicht der Typ, der sich hingibt, und er ist nicht verliebt. Glaub mir, er ist einer, der es bei allen probiert, immer, als ginge es darum, seine Männlichkeit zu beweisen. Ich wäre nur ein weiterer Strich auf seiner endlos langen Liste und, ehrlich gesagt, liegt mir nichts daran. Auch wenn es amüsant war. Aufregend, aber amüsant. Ich warte auf dein Kochrezept, Signoramia!

PS: Die *Gefährlichen Liebschaften*, den Briefroman, nach dem der Film, von dem du sprichst, gedreht wurde, habe ich gelesen und fand ihn großartig. Deshalb wollte ich auch nie den Film sehen – vielleicht hätte er dem Buch nicht standgehalten. Aber der Gedanke, mit Michelle Pfeiffer verglichen zu werden, hat natürlich schon was …

Von: mariacolucci@hotmail.com
An: f.frigerio@beniculturali.it
Betreff: Pollo con i peperoni
8. Februar 2018, 8:42

Liebe Francesca,
hier ist das Rezept, um das du mich gebeten hast. Aber vorab ein paar Hinweise:

1. Du brauchst viel Brot. Dieses Gericht ist saftig und reichhaltig, man braucht kiloweise Ciabatta dazu. Aber nur gute Qualität und auf keinen Fall Michette, damit kann man am wenigsten Sauce auftunken.

2. Das Hähnchen sollte bio sein! Kein Pfusch wie »freilaufend«, von Hähnchen aus Käfighaltung ganz zu schweigen. Ich bin keine Dogmatikerin, aber bei Hähnchen gibt es in den Supermärkten einfach keine Qualität. Auf die kommt es aber an, denn bei diesem Gericht gehen im Unterschied zum Brathähnchen, bei dem das Fett in den Bräter abfließt, alles Fett und alle Flüssigkeit des Hähnchens in die Sauce und in die Paprika, so dass wir, wenn das Hähnchen voller Östrogen und das Fett ekelhaft ist, alles mitessen.

3. Gute Paprika, findet man, Signoramia, heute nur selten. Es ist aber wichtig, dass sie Geschmack haben (und nicht wässrig sind!), da sie zusammen mit dem Saft aus dem Hähnchen die Soße bilden. Eins muss ich dir aber sagen: Die Paprika ist ein Saisongemüse und wächst nicht im Februar, auch wenn man im Supermarkt das ganze Jahr über welche findet.

Es gibt für dieses Gericht, das man in Rom üblicherweise zu Maria Himmelfahrt isst (und nicht mitten im Winter), zwei unterschiedliche Zubereitungsarten:

1. Man bereitet die Paprika und das Hähnchen getrennt zu, gibt danach alles in einen Topf und würzt es erst in den letzten Minuten.

2. Man gart beides zusammen, wobei man zuerst das Hähnchen anbrät und mit Weißwein ablöscht (aber auch hier scheiden sich die Geister).

Der zweiten Schule hängt nicht nur meine Oma Wanda an, sondern sie ist auch historisch verbürgt, sozusagen vom Archetyp der »Signoramia«: Schwester Lella (du weißt, wer das ist, oder?). Hier gibt es also nichts zu diskutieren. Dennoch würde ich das Hähnchen und die Paprika immer getrennt zubereiten. Ich glaube, es macht so mehr Sinn und schmeckt am Ende besser. Eins ist aber sicher: Beide Schulen sind sich einig, dass keine Petersilie und auch keine anderen Kräuter verwendet werden sollen. Ich habe meine Oma wahnsinnig gemacht, indem ich sie Jahr um Jahr pünktlich am 15. August angerufen habe, um zu fragen: »Nonna, bist du sicher, dass da keine Petersilie reinkommt? Auch nicht an die Peperoni? Auch nicht ganz am Schluss?« Und sie jedes Jahr: »Niemals, niemals!«

Hier nun die Zutaten: ein Biohähnchen, eine Zwiebel, vier bis fünf gelbe, rote und grüne Paprika, zwei Tomaten, Weißwein, Öl, Salz und Pfeffer. Nimm eine große Kasserolle und eine Pfanne. Brate das Hähnchen in der Kasserolle an (mit der Haut! Bloß keine Diätanwandlungen!) und die Zwiebel in der Pfanne. Wenn das Hähnchen knusprig braun ist, lösch es mit Weißwein ab (meine Tante Wanda nimmt keinen Wein, aber Schwester Lella schon), gib Salz, Pfeffer, noch einen Schuss Weißwein und die Tomaten dazu. Die in Ringe geschnittenen Paprika schmorst du nun mit den Zwiebeln, bis sie weich sind. Dann gibst du beides zum Hähnchen (das man in Stücke schneidet, hatte ich ganz vergessen) und lässt alles 45 Minuten köcheln (falls notwendig, füge etwas heißes Wasser hinzu). Du siehst selbst, wenn du mehr Flüssigkeit brauchst. Es darf weder wässerig noch trocken sein.

Wie schon gesagt, dies ist ein schmackhaftes, reichhaltiges Gericht, der Wein muss trocken sein und ein Aroma haben, das gut zu Paprika passt, er sollte genug Alkohol enthalten, damit die Säure gemildert wird und er es mit der Schwere des Gerichts aufnehmen kann. Am besten eignet sich Weißwein aus Südtirol oder Castelli Romani. Vermeide Rotwein und zu leichten Weißwein.

Lass mich wissen, wie es dir geschmeckt hat!

Ciao, ciao,

Maria

Luz an Francesca
Danke für die ganzen Sachen! Du weißt, ich liebe Reiskuchen und auch Hackbraten und Blaubeertorte, aber alles auf einmal scheint mir ein bisschen zu viel zu sein. Geht's dir gut? Hast du etwa die ganze Nacht gekocht?
14:30

Francesca an Luz
Jaja, ich war heute Nacht nur ein bisschen aufgekratzt.
14:32

Luz an Francesca
Wegen De Vecchi? Ich wusste es! Du hast es mit ihm getrieben!
14:33

Francesca an Luz
Aber nein! Er war ganz zahm, super lieb. Es ist gar nichts passiert.
14:34

Luz an Francesca
Zahm? Super lieb? Der? Vorsicht! Er ist in dich verliebt!
14:35

Francesca an Luz
Habt ihr euch abgesprochen? Maria sagt genau dasselbe. Aber glaub mir, das stimmt nicht.
14:40

Luz an Francesca
Maria, immer diese Maria. Sie mischt sich ein bisschen zu sehr ein, findest du nicht? Sie kennt dich doch nicht mal richtig.
14:41

Francesca an Luz
Alles gut, ich hatte ihr nur von meinen Befürchtungen erzählt. Allerdings hat sie, während ich mit De Vecchi beim Essen war, ein paarmal geschrieben, um zu fragen, wie es läuft. Wie ein eifersüchtiger Verlobter … Oh! Rate mal, wer mir gerade schreibt …
14:42

Luz an Francesca
Also doch. Ich wusste es und hab's dir gesagt! Flittchen.
14:43

Stefano an Francesca
Guten Morgen, Prinzessin, was machst du gerade?
14:42

Francesca an Stefano
Ich arbeite, habe gerade eine Besprechung (langwierig, langweilig und mit vielen Leuten). Guten Morgen? Es ist fast drei Uhr nachmittags.
14:44

Stefano an Francesca
Wenn ich an dich denke, merke ich nicht, wie die Zeit vergeht. Und ich kriege nichts auf die Reihe.
14:45

Francesca an Stefano
Soso. Und das soll ich dir glauben?
14:45

Stefano an Francesca
Ist die Besprechung zu Ende? Ich muss dir etwas sagen.
15:30

Francesca an Stefano
Schieß los!
15:31

Stefano an Francesca
Ich habe ein Problem: eine Flasche Jahrgangschampagner im Kühlschrank und niemanden, mit dem ich sie trinken kann. Kommst du Samstag zu mir? Nur ein unschuldiges Abendessen.
15:32

Francesca an Stefano
Ich dachte, ich hätte mich gestern klar ausgedrückt. Ich bin verheiratet, nimm das bitte ernst! Was du dir vorstellst, kann es nicht geben.
15:33

Stefano an Francesca
Okay, okay, war nur Spaß. Du brauchst nicht gleich in die Defensive zu gehen. Ich stelle mir gar nichts vor, und ich habe auch nichts vor. Aber du gefällst mir, du gefällst mir sehr, ich mag alles an dir, was du machst und wie du es machst.
15:36

Francesca an Stefano
Nämlich?
15:36

Stefano an Francesca
Oh! Ist meine Tugendhafte etwa an meinen Komplimenten interessiert?
15:37

Francesca an Stefano
Klar, was ist so ungewöhnlich daran? Ich bin doch kein Holzklotz. Habe ich denn deiner Meinung nach gar keine Fehler?
15:38

Stefano an Francesca
Glaub mir, auf der ganzen Welt gibt es keinen Menschen, der einem Holzklotz weniger ähnlich ist als du. Nun gut, ich will ehrlich sein: Du hast mindestens drei Fehler. Nur drei, aber die sind ebenso wenig von der Hand zu weisen wie tragisch.
15:40

Francesca an Stefano
Und welche sollten das sein?
15:40

Stefano an Francesca
Ein Mann, einen Sohn und eine Tochter.
15:41

Francesca an Stefano
Du bist verrückt.
15:42

Stefano an Francesca
Francesca?
16:39

Francesca an Stefano
Ja?
16:40

Stefano an Francesca
Ich muss dir etwas sagen.
16:41

Francesca an Stefano
Ich arbeite gerade, aber sag schon.
16:41

Stefano an Francesca
Kann ich dich vielleicht anrufen?
16:42

Francesca an Stefano
Jetzt nicht, ich bin mit meinen Kollegen zusammen im Büro. Mein Chef ist auch dabei. Soll ich ihn von dir grüßen?
16:43

Stefano an Francesca
Der Wein, den ich außer dem Champagner in meinem Keller habe, ist einfach göttlich. Das solltest du wissen.
16:44

Francesca an Stefano
Eine Falle, ich wusste es!
16:45

Stefano an Francesca
Um ehrlich zu sein: Ich stehe kurz vor meinem Coming-out. Du kannst also ganz beruhigt sein. Es weiß noch keiner, aber ich bin schwul.
16:47

Francesca an Stefano
Ach, komm schon, schwul! Die Neuigkeit des Tages lautet wohl eher, dass De Vecchi den Verstand verloren hat.
16:50

Stefano an Francesca
Nein, die eigentliche Neuigkeit ist, dass die »ach so nette« Signora Frigerio Leute beleidigt. Schäm dich!
16:51

Francesca an Stefano
Was für einen göttlichen Wein hast du denn nun im Keller?
16:52

Stefano an Francesca
Das soll eine Überraschung sein. Alles, was ich dir sagen kann, ist, dass es vielleicht mein Lieblingsrotwein ist, Jahrgang 2005. Ich habe ihn aufgehoben, seit ich dich zum ersten Mal auf der Buchmesse in Turin gesehen habe. Weißt du noch? Jetzt ist er reif.
16:53

Francesca an Stefano
Immer derselbe Lügner. Wenn es aber so ein guter Rotwein ist, muss man auch etwas Gutes dazu essen. Willst du etwa für uns kochen?
16:54

Stefano an Francesca
Gefülltes Perlhuhn vielleicht?
16:55

Francesca an Stefano
Du bist wirklich verrückt. So was aß man im Mittelalter.
16:56

Stefano an Francesca
Dann lieber im Ofen gebackene Steinpilze?
16:57

Francesca an Stefano
Machst du die etwa selbst?
16:57

Stefano an Francesca
Nein, natürlich nicht. Ich lasse alles unten in der Osteria machen. Ich bin Schriftsteller und kein Koch. Aber rate mal, welchen Wein ich mir für dich vorgestellt habe …
16:58

Francesca an Stefano
Wenn ich an das Essen denke, das du vorschlägst, könnte ich mir vorstellen, dass es ein Burgunder ist. Richtig?
16:59

Stefano an Francesca
Großartig! Burgunder! Aber welcher?
17:00

Francesca an Stefano
Ich denke mal darüber nach. Aber jetzt muss ich Schluss machen, ich muss meine Tochter vom Ballett abholen. Bis bald! Vielleicht möchtest du ja am Samstag zu uns kommen. Überleg's dir!
17:02

Stefano an Francesca
Was machst du gerade? Hast du deine Tochter schon abgeholt?
18:07

Francesca an Stefano
Ja, und ich bin schon wieder unterwegs. Ich gehe gerade einkaufen.
18:08

Stefano an Francesca
Kochst du immer selbst?
18:09

Francesca an Stefano
Ich koche meistens, es gefällt mir. Eine meiner Leidenschaften, und außerdem von Vorteil. Ich habe eine große, immer hungrige Familie.
18:10

Stefano an Francesca
Was kochst du heute Abend?
18:11

Francesca an Stefano
Interessiert dich das wirklich? Im Allgemeinen laufe ich durch den Supermarkt und lasse mich inspirieren. Heute Abend gibt es Pasta mit Pesto.
18:12

Stefano an Francesca
Mich interessiert alles an dir, Schätzchen. Machst du das Pesto selbst oder kaufst du das fertige aus dem Glas? Das schmeckt ausgezeichnet!
18:13

Francesca an Stefano
Ich bin nicht dein Schätzchen. Und bei mir gibt es kein Pesto aus dem Glas. Ich komme aus Ligurien.
18:15

Stefano an Francesca
Nicht aufregen, meine Schöne. Du bist sicher eine hervorragende Köchin … und mit Wein kennst du dich auch noch aus. Mich würde interessieren, womit sonst noch …
18:17

Francesca an Stefano
Meine Schöne? Du kennst mich wirklich schlecht! Ich mag solche Süßholzraspeleien nicht. Damit kannst du bei mir keinen Blumentopf gewinnen, De Vecchi.
18:19

Stefano an Francesca
Hahaha! Aber ich mag diesen Lehrerinnenton! Und eins an dir möchte ich wirklich gerne kennenlernen: deine Küche. (Mir scheint, dass du mir etwas anderes sowieso nie offenbaren wirst.)
18:20

Francesca an Stefano
Stefano, du bist echt unmöglich! Aber egal – meine Essenseinladung steht noch, wenn du möchtest.
18:21

Stefano an Francesca
Willst du nicht lieber bei mir zu Hause kochen? Nächsten Samstag könntest doch du die gebackenen Steinpilze machen. Bei mir.
18:22

Francesca an Stefano
Ich weiß nicht, bei dir zu kochen finde ich wirklich unpassend. Und, Stefano, ich durchschaue dich, das ist doch schon wieder eine Falle. Außerdem verbringe ich die Samstage immer mit meiner Familie.
18:24

Stefano an Francesca
So siehst du mich also. Als einen, der tugendhaften Frauen Fallen stellt?
18:25

Francesca an Stefano
Ich sehe dich nicht nur so, du bist so.
18:26

Stefano an Francesca
Jedenfalls wollte ich dir auch noch sagen, dass es mit meinem Buch super läuft. Die Lesung hat viel gebracht.
18:27

Francesca an Stefano
Das freut mich. Glaubst du mir, wenn ich dir – auch ohne beruflichen Kontext – sage, dass ich dein Buch ganz großartig finde?
18:29

Stefano an Francesca
Und glaubst du mir, wenn ich dir sage, dass ich bei diesem Satz Herzklopfen kriege und er mir wichtiger ist als alle Rezensionen?
18:30

Francesca an Stefano
Nie und nimmer.
18:31

Pasta al pesto

Pasta mit Pesto

Mama an Francesca
Darf man fragen, wo du gestern Abend warst? Ich habe x-mal versucht, dich anzurufen, aber du bist nicht drangegangen.
9:15

Francesca an Mama
Ich bin ausgegangen, das hatte ich dir doch gesagt!
9:16

Mama an Francesca
Ja, schon. Aber was kann so wichtig gewesen sein, dass du nicht mal ans Telefon gegangen bist? Du kommst mir in letzter Zeit etwas seltsam vor. Hast du etwa Krach mit dem armen Carlo?
9:20

Francesca an Mama
Der arme Carlo, wie du ihn nennst, war gestern Abend mit seinen Kollegen Kicker spielen. Die Kinder (die übrigens nicht nur meine sind, sondern auch seine) waren mit der Babysitterin zu Hause. Und nein. Es ist alles in Ordnung, ich war nur beschäftigt.
9:31

Mama an Francesca
Eine Babysitterin? Wahrscheinlich wieder diese ordinäre Freundin von dir! Na ja, ich hätte eh nicht gekonnt. Ich hatte wahnsinnig viel zu tun.
9:32

Francesca an Mama
Genau – du spielst ja lieber mit deinen Freundinnen Karten, statt mal abends deine Enkelkinder zu hüten und sie den Klauen meiner ach so schrecklichen Freundin zu entreißen.
9:35

Mama an Francesca
Dein Sarkasmus ist völlig unangebracht. Ich habe schließlich den ganzen Abend versucht, dich erreichen.
9:36

Francesca an Mama
Mama, was redest du da? Du hast ein Mal angerufen. Immer musst du übertreiben.
9:40

Mama an Francesca
Und wenn schon. Jedenfalls war ich den ganzen Abend in Sorge, weil du nicht drangegangen bist.
9:41

Francesca an Mama
Ist ja gut, ich muss jetzt los. Komm mit Papa am Sonntag zum Mittagessen. Ich habe ein neues Rezept von einer Freundin aus Rom.
9:42

Stefano an Francesca
Francesca, ich möchte dich wirklich gern sehen. Samstage kommen also nicht infrage (ebenso wenig wie deine Idee, dass ich zu euch komme). Wie sieht's denn mit Mittwoch aus?
11:10

Francesca an Stefano
Du gibst wohl nie auf, was? Ich verspreche dir nichts. Ich müsste meinem Mann etwas vorlügen und ich weiß nicht, ob ich das kann.
11:15

Stefano an Francesca
Sieh es doch mal so: Du machst es nicht meinetwegen, sondern wegen des fabelhaften Weins. Ich versichere dir, dass es sich lohnt. Und dazu gibt es das passende Gericht. Na, was sagst du?
11:16

Francesca an Stefano
Ich sage, dass du ein Schlitzohr bist! Und dass du sehr gut mit Worten umgehen kannst. Du weißt, wie man eine Frau überredet. Na schön, ich überleg's mir … Aber wenn ich zu dir komme, musst du mir mindestens ein Perlhuhn oder einen Fasan braten.
11:20

Stefano an Francesca
Ist gebongt! Also Mittwoch um 20:30?
11:22

Francesca an Stefano
Schauen wir mal.
11:23

Maria an Francesca
Na? Hast du das Hühnchen mit Paprika gemacht?
12:40

Francesca an Maria
Ja! Ich habe ein schönes Biohähnchen gefunden und die »Maria-Version« ausprobiert. Es war köstlich, du hattest recht!
12:45

Maria an Francesca
Und das Brot? Hattest du auch genug Brot zum Tunken?
12:47

Francesca an Maria
Ich habe das Brot sogar selbst gebacken, knuspriges Weißbrot mit Manitoba-Mehl (du hattest doch gesagt, du machst das auch immer selbst, oder?). Ach ja – eins wollte ich noch anmerken, es wird dich freuen: Michette gibt es in Mailand kaum noch.
12:48

Maria an Francesca
Sehr gut. Dass diese papptrockenen Brötchen aus Mailand verschwinden, macht mich wirklich kein bisschen traurig. Und der Wein? Welchen Wein gab es zum Huhn?
12:50

Francesca an Maria
Carlo hat den Wein ausgesucht, er passte hervorragend zu dem Essen: einen Gewürztraminer von San Michele Appiano Sanct Valentin. Die Sauce aus dem Bratenfett des Hähnchens und der geschmorten Paprika zusammen mit dem aromatischen Geschmack und der feinen Säure des Weins war eine fast schon körperliche Offenbarung.
12:55

Maria an Francesca
Oho! Was würde Sigmund Freud wohl zu deiner Wortwahl sagen? Denkst du bei »körperliche Offenbarung« an den Abend mit deinem Mann oder vielleicht doch eher an deinen tollen Autor?
13:01

Francesca an Maria
Maria! Ich habe vom Essen gesprochen. Und ja – Essen kann eine sehr sinnliche Erfahrung sein, findest du nicht?
13:05

Maria an Francesca
Ja, das hat schon Montalbán gesagt – und gleich ein ganzes Buch darüber geschrieben. Ich finde das auch. Aber dir geht doch noch etwas anderes durch den Kopf, oder?
13:08

Francesca an Maria
Oh Gott ja, ein bisschen jedenfalls. Aber das wird sich wieder legen. Zumal ich gar nicht so genau weiß, ob ich das eigentlich will. Ich weiß einfach nicht, ob es nur eine Laune ist oder ob doch mehr dahintersteckt …
13:10

Maria an Francesca
Ist es denn so wichtig, das so genau zu wissen? Wie auch immer – in einem Punkt muss ich dir recht geben: Es wäre sicher leichter, wenn der Typ oberflächlicher wäre (ein »Blender«, wie ich gern sage). Aber ansonsten: warum einer Laune nicht mal nachgeben?
13:14

Francesca an Maria
Ich gebe meinen Launen oft nach, aber nicht auf diesem Gebiet. Offensichtlich bin ich eine altmodische Frau, wie De Vecchi sagt. Aber das muss ja kein Nachteil sein.
13:16

Maria an Francesca
Ich verstehe sehr gut, wieso der Typ sich in dich verguckt hat. Jetzt musst du nur noch herausfinden, wie er tickt – dann verstehst du vielleicht auch, warum du solche Angst vor außerehelichem Sex hast.
13:20

Francesca an Maria
Wie bitte?! Wie redest du eigentlich mit mir, Maria? Du klingst wie mein Bruder.
13:21

Maria an Francesca
He – das war nur ein Witz! Werde doch nicht gleich sauer.
13:22

Francesca an Maria
Nein, werde ich nicht. Aber wenn ich so etwas lese und denke, dass es hier um mich geht, erschreckt mich das schon.
13:23

Maria an Francesca
Triffst du ihn nun oder nicht?
13:25

Francesca an Maria
Er hat mich für Mittwoch zu sich zum Abendessen eingeladen. Dann wären wir wieder allein. Ich weiß nicht …
13:26

Maria an Francesca
Ehebruch! Ehebruch!
13:27

Francesca an Maria
Hör bloß auf!
13:30

Maria an Francesca
Ach, Francesca, du altmodische Frau! Geh hin und sei dir selbst treu … Also ich muss schon sagen … Wenn ich ein Mann wäre, würde ich deinetwegen leicht den Kopf verlieren. Aber zurück zu den wirklich wichtigen Fragen des Lebens: Heute kommt eine Freundin zum Essen vorbei. Hast du vielleicht eine Idee, was ich kochen könnte?
13:35

Francesca an Maria
An was hast du denn gedacht? Vorspeise? Hauptgericht?
13:37

Maria an Francesca
Egal was, ich fahre gleich nach Hause, und dann fange ich an zu kochen.
13:38

Francesca an Maria
Okay. Ich überleg mir was und schicke dir eine Mail.
13:39

Von: f.frigerio@beniculturali.it
An: mariacolucci@hotmail.com
Betreff: aus Ligurien mit Schwung
9. Februar 2017, 14:14

Liebe Maria,
ich glaube, das Beste wäre eine Pasta mit Pesto nach allen Regeln der Kunst. Mit Kartoffeln und Bohnen, wie man es in Genua macht. Am besten würden Trenette passen, feine Bandnudeln (frisch gemacht oder fertig gekauft, das ist egal), aber ich weiß nicht, ob man die in Rom so leicht findet. Man kann sonst auch Linguine oder Spaghetti nehmen.

Jetzt das Pesto: Wenn du keinen Mörser hast, um die Basilikumblätter zu zerreiben, kannst du sie auch mit dem Mixer zerkleinern: Mische 100 bis 150 g Basilikum, 10 bis 15 g Pinienkerne, etwas Pecorino oder Parmesan (oder halb und halb, so mache ich es), ein bisschen Knoblauch, Öl und Salz. Damit hast du schon alles, was du benötigst. Das scheint sehr einfach zu sein, ist es aber nicht. Die Zutaten und die richtige Menge sind entscheidend.

Fangen wir beim Basilikum an: Der aus Genua ist perfekt, aber wo soll man den in Rom finden? Du wirst dich also mit normalem Basilikum begnügen müssen. Nimm einen mit großen Blättern, die schon ein wenig nach Minze schmecken. Dann mach das, was alle ligurischen Köche machen, damit sich die Farbe hält (Basilikum oxydiert leicht und wird dann dunkel), wirf die Blätter beherzt ein paar Minuten in kochendes Wasser, drück sie gut aus und mache es, wie ich beschrieben habe. Die Pinienkerne sind wichtig, aber nimm nicht zu viele, sonst wird das Pesto zu sämig. Dann der Käse und das Salz. Auch hier kommt es auf das Gleichgewicht an – zu viel Käse schmeckt zu sehr durch, bei zu wenig hat die Sauce zu wenig Geschmack. Knoblauch kannst du nehmen, so viel du möchtest, in Ligurien ist man da sehr großzügig. Gib viel Olivenöl dazu. Selbst wenn du tausend Pestos machst, schmeckt am Ende doch keins wie das andere.

Wenn das Pesto fertig ist – oder besser während du es zubereitest –, bring Salzwasser zum Kochen und wirf eine Handvoll Bohnen hinein. Wenn das Wasser wieder kocht, gib noch in Würfel geschnittene Kartoffeln dazu und dann die Pasta. Heb ein bisschen Kochwasser auf. Lass die Pasta und das Gemüse abtropfen und gib alles zusammen mit dem Pesto und einem Schuss von dem Kochwasser in eine Schüssel.

Und sag mir, wie es geschmeckt hat!

Francesca

Maria an Francesca
Und, wie war es?
10:45

Francesca an Maria
Ciao, Maria, wie war was?
10:46

Maria an Francesca
Tu doch nicht so unschuldig. Gestern war Mittwoch. Hattest du nicht eine Verabredung? Und ich bekomme nicht mal eine Nachricht?
10:49

Francesca an Maria
Da gibt's nicht viel zu erzählen. Tut mir leid, dass ich dich enttäuschen muss, aber alles in allem bin ich mir treu geblieben.
10:51

Maria an Francesca
Alles in allem interessiert mich nicht. Ich möchte Details!
10:55

Francesca an Maria
Na schön: Sobald ich Zeit habe, schreibe ich dir eine ausführliche Mail, ja?
10:56

Maria an Francesca
Ja!!!
10:57

Von: f.frigerio@beniculturali.it
An: mariacolucci@hotmail.com
Betreff: Die Details sind alles
16. Februar 2017, 22:35

Ciao, Maria,
erst jetzt finde ich einen ruhigen Moment, um dir zu schreiben und dir von dem Abend mit De Vecchi zu erzählen. Vielleicht hilft mir das, zu verstehen, was mir durch den Kopf geht (und sozusagen auch durchs Herz).

Eines solltest du jedoch wissen: Ich schreibe dir hier Dinge, von denen niemand etwas weiß, nicht mal meine besten Freundinnen. Dabei kenne ich dich nicht mal richtig. Du hast mir einmal gesagt, dass ich bei allen Dingen immer nach dem Grund suche, und so frage ich mich, wie es kommt, dass ich so großes Vertrauen in dich habe? Zwei mögliche Antworten. Die erste ist einfach und hat damit zu tun, dass wir uns nicht persönlich kennen, auch wenn wir uns oft schreiben. Dadurch entsteht eine Art Schutzraum, in dem ich, obwohl ich normalerweise eine eher diskrete Person bin, alle Schüchternheit und Scham vergesse und frei darüber sprechen kann, was ich denke. Der zweite Grund ist weniger einleuchtend, aber bedeutsamer: In deiner geradlinigen Art zu denken sehe ich auch eine gewisse Art, an die Dinge heranzugehen. Das ist eine Besonderheit von dir, Maria, die – außer von einem, wie mir scheint, sehr starken Charakter – vielleicht daher rührt, dass du einen technischen Beruf ausübst. Ja, solche seltsamen Gedanken gehen mir manchmal durch den Kopf.

Doch nun zur eigentlichen Geschichte: De Vecchi hatte den perfekten Abend vorbereitet, mit mehr kleinen Aufmerksamkeiten, als ich hier aufzählen kann. Alles passte genau zu mir. Meine kulinarische Leidenschaft hat er besonders gewürdigt und dabei wirklich ins Schwarze getroffen. Das Essen war perfekt, einfach und raffiniert zugleich, kurz: Es war göttlich. Tatsächlich hat es mich an die Art erinnert, wie er schreibt. Kein Schnickschnack, aber das, was am Ende noch auf dem Tisch steht, ist richtig gut. Dazu gab es drei großartige Weine zum Probieren. Er kocht nicht selbst, deshalb hat er alles gekauft, wo, weiß ich nicht, aber es muss eine exzellente Adresse sein.

Ein hauchdünn geschnittenes Bernsteinmakrelen-Carpaccio mit einem feinen Öl und besonderem Pfeffer an einer Caponata mit Kapern, Oliven und Peperoni. Dazu gab es einen Champagner, den ich noch nicht kannte: La Closerie Les Béguines, ein Blanc de Noirs aus Pinot-Meunier-Reben. Reich im Geschmack mit Corpus und Säure, ein ganz neuer Stil – er nennt ihn »Champagner extrem«. Für mich war schon die Vorspeise ein extremes Vergnügen, und theoretisch hätte ich schon da mit ihm im Bett landen können.

Zu meiner Überraschung gab es dann noch Gänsebrust und etwas Gänsekeulenkonfit (sehr, sehr fett, aber grandios). Danach einen Pata-Negra-Schinken und – das war vielleicht die einzige leichte Dissonanz – ein Stück ausgewählten Pecorino. Aber der Wein! Der Rotwein, den er zu diesen Köstlichkeiten präsentiert hat, war Ausdruck von Erlesenheit und Stil, ein für mich geradezu mythischer Tropfen: ein Volnay aus Montille, Jahrgang 2005. Ein klassischer Burgunder aus einem besonderen Jahrgang, Inbegriff einer perfekten Synthese aus Kraft,

Komplexität und Leichtigkeit. Ich hätte ihn literweise trinken können (ich habe mich mühsam zurückgehalten, um nicht zu betrunken zu werden). Als er mich vor ein paar Tagen überreden wollte, seine Einladung anzunehmen, sagte er, in seinem Keller sei ein extra für mich gereifter Wein (was natürlich gelogen war), sagte aber nicht, welcher. Ich habe vor allem aus Neugier zugesagt. Als ich dann da war, kam die Überraschung: Woher wusste er nur, dass Volnay mein absoluter Lieblingsrotwein ist? Die Packung Biscottini mit Butter, die ich zum Nachtisch mitgebracht hatte, haben wir dann gar nicht mehr aufgemacht.

Seine Wohnung ist sehr schön, unzählige Regale mit Büchern, riesige Fenster mit Holzrahmen, es ist warm und einladend. Und er selbst ... Das Problem war die Absicht, die hinter dieser ganzen Darbietung steckte. Der Abend schien genau vorbereitet zu sein und war es auch. De Vecchi ist intelligent und geht methodisch vor. Er hat mich genau studiert und hat alles getan, um mich in sein Bett zu bekommen. Aber ich mache so etwas nicht, nur weil ich dem Moment erliege. Ich mache nie etwas Wichtiges nur deshalb, weil ich gerade Lust dazu habe. Ich denke über die Dinge nach, immer wieder. Auch jetzt denke ich darüber nach, wie der Abend nach dem Essen weiterging, wie er mich, als wäre ich eine fernzusteuernde Drohne, zum Sofa geführt hat, wohin er wie durch Zauberhand auch den Dekanter mit dem Volnay gebracht hatte. Wir haben angefangen, *Sideways* zu gucken, einen Film, der mir sehr gefallen hätte, wenn ich ihn hätte aufmerksam verfolgen können (aber ich war abgelenkt, weil De Vecchi anfing, mich zu streicheln und mit mir zu schmusen, und während des ganzen Films nicht mehr damit aufhörte).

Das Schlimme ist, dass es mir gefallen hat.

An einem bestimmten Punkt jedoch, als er mich besonders zärtlich ansah, habe ich ihm in die Augen geschaut und gesagt: »Stefano, es tut mir leid, ich muss dir eins sagen: Ich liebe meinen Mann und werde nicht mit dir schlafen.« Er hat keine Miene verzogen, hat sich weder enttäuscht noch entmutigt gezeigt und begonnen, zu reden. Für kurze Zeit war ich wirklich fasziniert. Er sprach von einem »Moment tiefer Veränderung«, dass er es deutlich spüre, wenn er in meiner Nähe sei, dass er sich fühle wie »ein neuer Mensch«, dass er sich nicht mehr nur mit sich selbst beschäftigen wolle, große Achtung für mich und für meine Familie (!) hätte, und dass ihn Sex nicht interessiere. Seine Worte verwirrten mich zutiefst, bis mir klar wurde, dass er das alles bloß aufsagte, einen fertigen Text, und das machte er sehr, sehr gut. Er hatte das alles geplant, hatte sich vorher alles aufgeschrieben … es war, als befände ich mich in einem der Drehbücher, die er fürs Kino schreibt. Verstehst du? Natürlich ist es äußerst schmeichelhaft, wenn einer extra für mich ein Drehbuch schreibt, in dem ich sogar die Hauptrolle spiele, doch dann bemerkte ich plötzlich, dass er alles abgeschrieben hatte! Mir ist es bei seinem Gerede über den neuen Menschen aufgefallen, den Respekt etc. Er hat es tatsächlich geklaut. Und weißt du, wo? Von den *Gefährlichen Liebschaften*! Ist das nicht unglaublich, wo wir vor ein paar Tagen doch noch darüber gesprochen haben und du mir von dem Film erzählt hast? Du kennst ja die Geschichte; der Graf Valmont, ein skrupelloser Libertin, verführt Madame de Tourvel und verwendet dieselben Worte: die Krise des reifen Mannes, »Ich bin ein neuer Mensch bla, bla, bla …«, und sie fällt wie eine reife Birne in seinen Schoß.

Und so kühlte meine Begeisterung immer mehr ab, und die Kuschelei endete auf dem Abstellgleis. Warum? Weil er die Sätze aus einem Buch übernommen hat? Nein, nicht deshalb. Er hätte einen Preis verdient für die Arbeit, die er sich gemacht hat, dafür, wie gut er mich unterhalten hat. Ich bin nur immer mehr davon überzeugt, dass er gar nicht wirklich in mich verliebt ist.

Ich jedenfalls bin es nicht, das ist mir jetzt klar. Ich bin vielleicht verrückt, aber für mich kommt Sex nur infrage, wenn auch Liebe im Spiel ist. Heute Morgen hingen mir zwar noch Reste von seiner erotischen Ausstrahlung nach, aber ich habe keine Lust, mit ihm zusammen zu sein, und ich bereue nichts. Ich meine sogar, ich kann mich freier fühlen, weil ich nicht gefallen bin (gefallen wie Madame de Tourvel aus dem achtzehnten Jahrhundert). Wenn ich erklären müsste, warum ich mich nicht auf dieses amouröse Abenteuer eingelassen habe, würde ich sagen, weil De Vecchi auf mich den Eindruck eines Blenders macht, wie du das nennst. Vielleicht ist mein Urteil voreilig, aber ich glaube, bald werden wir den Beweis dafür haben.

Was von all dem übrig bleibt, ist ein großartiges Rezept, über das ich gern mit dir reden möchte: Bernsteinmakrelen-Carpaccio mit mediterranen Gewürzen, was hältst du davon?

Gute Nacht, Maria, es ist schon sehr spät.

Francesca, die immer noch die Alte ist.

Maria an Francesca
Wow, was für eine Story! Jetzt musst du dir aber wirklich den Film ansehen. Die Sätze hat er sicher direkt daraus übernommen, und du solltest Michelle Pfeiffer sein. Leider habe ich gerade keine Zeit, aber sag mir noch schnell: War das Carpaccio von der Bernsteinmakrele hauchdünn geschnitten, so dass die Scheiben fast durchsichtig waren?
8:46

Francesca an Maria
Ja, dazu Öl, frisch gemahlener schwarzer Pfeffer mit viel Geschmack, vielleicht ein Tropfen Zitrone. Wenn ich überlege, war es vielleicht eine Mischung aus Öl und Zitrone, aber die Zitrone hat man nicht stark durchgeschmeckt, es war nur ein Hauch. Ich mag sowieso keine Fischcarpaccios, die nur nach Zitrone schmecken.
8:49

Maria an Francesca
Das geht mir genauso. Die Bernsteinmakrele hat überdies ja schon einen intensiven und ganz besonderen Geschmack, weshalb es sehr wichtig ist, sie ganz dünn aufzuschneiden. Wie war denn die Caponata gemacht?
8:52

Francesca an Maria
Ich würde das nicht mal eine richtige Caponata nennen, weil eine Caponata, wie man sie in Sizilien macht, saftiger und reichhaltiger ist. Diese hier war einfacher: Die Auberginen-

creme war mit Knoblauch, Öl, Kapern, Peperoni und Petersilie abgeschmeckt. Es war aber noch irgendetwas anderes drin …
8:56

Maria an Francesca
Vielleicht Zitronenschale? Schalotten, Oliven?
8:58

Francesca an Maria
Oliven waren es auf keinen Fall, vielleicht Schalotten.
8:59

Maria an Francesca
Wir könnten ja selbst mal eine probieren. Jeder macht sie mit seinen Zutaten, und dann vergleichen wir die Ergebnisse. Einverstanden?
9:00

Francesca an Maria
Warum nicht? So, jetzt muss ich aber los. Ciao, Maria, ich bin spät dran, nur noch kurz: Wie war denn das Pesto?
9:00

Maria an Francesca
Ganz gut, aber dazu schreibe dir noch.
9:01

Von: mariacolucci@hotmail.com
An: f.frigerio@beniculturali.it
Betreff: Pesto Maria 1.0
17. Februar 2017, 19:10

Ciao, Francesca,
hier ein kurzer Bericht über mein Pesto. Ich habe es nur für mich und eine Freundin gemacht, so konnte ich es erst mal im kleinen Kreis ausprobieren. Das Basilikum habe ich, wie du vorgeschlagen hast, abgebrüht, obwohl ich nicht geglaubt habe, dass das funktioniert. Aber tatsächlich – auf diese Weise schmeckt das Pesto richtig nach Basilikum und die Farbe bleibt erhalten. Diesmal habe ich noch den Mixer benutzt, aber gleich heute kaufe ich mir einen Mörser aus Marmor. Ich habe nach Augenmaß Pecorino und Parmesan gemischt und eine ganze Knoblauchzehe dazugegeben – vielleicht war das ein bisschen viel, jedenfalls rieche ich jetzt stark nach Knoblauch und sollte mindestens zwei Tage niemandem zu nahe kommen. Ansonsten war das Pesto gut und von einem schönen Grün, aber mit dem Mörser wird es sicher noch cremiger.

Mehr zum fabelhaften Pesto in der nächsten Folge.

Ciao,
Maria

Sauté di cozze

Miesmuschelsauté

Von: fondazioneanacleti@fondazionebibliofila.com
An: f.frigerio@beniculturali.it
Betreff: Einladung zum Seminar »Scriptorium Gestern, Heute und Morgen«
17. Februar 2017, 9:20

Sehr geehrte Frau Doktor Frigerio,
im Namen des Vorsitzenden der Stiftung Bibliofila Anacleti hat mich Senator Lapo Torriani gebeten, Ihnen eine Einladung zum Seminar »Scriptorium Gestern, Heute und Morgen« zukommen zu lassen, die nur für eine ausgewählte Anzahl europäischer Bibliothekare und Bibliothekarinnen bestimmt ist, die sich bei der Erforschung von Buchmalerei und Inkunabeln ausgezeichnet haben. Das Seminar findet vom 20. bis 24. April in Rom in der Villa Torriani, dem Sitz der Stiftung, statt. Am 15. März wird es in Rom ein Vorbereitungstreffen geben. Für beide Anlässe sind Sie unser Gast in einem Hotel, das mit der Stiftung unter Vertrag steht, ebenso übernehmen wir selbstverständlich die Kosten für Ihre An-und Abreise.

Wir hoffen, Ihr Interesse geweckt zu haben, und verbleiben in Erwartung Ihrer Antwort.

Mit den besten Grüßen
Samuele Fagiani

Generalsekretär der Stiftung Bibliofila Anacleti

Francesca an Luz
Luz, stell dir vor, ich bin nach Rom eingeladen! Von der Anacleti-Stiftung!!!
9:32

Luz an Francesca
Was? Die haben dich nach Rom eingeladen? Das ist ja fantastisch! Wann fährst du?
9:35

Francesca an Luz
Das Seminar findet Ende April statt, es gibt aber vorher eine Einführungsveranstaltung. Mitte März!
9:36

Luz an Francesca
Wie schön! Was wirst du anziehen? Ich hoffe, du hast die passende Garderobe für Rom. Sonst musst du da noch ein bisschen shoppen gehen.
9:35

Francesca an Luz
Ach, Luz, ich fahre zum Arbeiten dorthin, da werde ich kaum Zeit für einen Einkaufsbummel haben. Aber es ist eine einmalige Gelegenheit, die Stiftung lädt nur die Besten aus Europa ein und, in aller Bescheidenheit, auch mich …
9:38

Luz an Francesca
Sicher, aber versprich mir, dass du dich dort auch ein bisschen amüsierst. Dann bist du wenigstens mal alle los!
9:45

Francesca an Luz
Ich wollte eigentlich Carlo fragen, ob er mitkommt … Es ist ewig her, dass wir zu zweit irgendwo waren.
9:46

Luz an Francesca
Jaja … Aber du wirst schon sehen, er wird sowieso nicht können, sicher hat er wieder eine seiner langweiligen Verwaltungsratssitzungen. Und dann …
9:47

Francesca an Luz
Und dann was? Luz, du hast ja recht, aber vielleicht kann ich ihn diesmal überzeugen.
9:50

Luz an Francesca
Du willst ihn nur mitnehmen, weil dich das schlechte Gewissen plagt! Und in der Tat hast du allen Grund, etwas wiedergutzumachen.
9:52

Francesca an Luz
Ich weiß nicht, worauf du anspielst. Wenn du den Autor meinst – ich hätte es tun können, habe es aber nicht getan, und das weißt du ganz genau.
9:53

Luz an Francesca
Jaja, du bist ein braves Mädchen.
9:55

Francesca an Carlo
Mein lieber Ehemann, was hältst du von einem romantischen Wochenende in Rom? Mitte März. Die Anacleti-Stiftung hat mich eingeladen!!! Das könnten wir doch nutzen.
9: 56

Carlo an Francesca
Wie schön! Aber Mitte März kann ich nicht. Das weißt du doch, da muss ich die Budgetplanung machen.
10:00

Francesca an Carlo
Das Seminar fängt am Mittwoch an, du könntest doch dann Freitag und Samstag kommen, und vielleicht bleiben wir sogar bis Sonntag. Nur wir zwei. Du und ich. Ich bitte meine Mutter, sich um die Kinder zu kümmern.
10:02

Carlo an Francesca
Liebling, du weißt nicht, wie gern ich das täte, aber ich schaffe es einfach nicht. Ich habe ja auch noch das Essen mit den Chinesen. Fahr du hin und genieß es für mich mit.
10:06

Francesca an Carlo
Ich fahre wegen der Arbeit hin, nicht, um mich zu amüsieren. Spaß hätte es mir nur gemacht, wenn du nachgekommen wärst. Ach, Mann!
10:07

Carlo an Francesca
Ein anderes Mal. Wenn du zurückkommst, gehen wir essen. Nur wir beide. Jetzt muss ich los, wir haben eine Besprechung.
10:11

Francesca an Mama
Mama, ich habe eine Bitte. Können wir kurz telefonieren?
12:15

Mama an Francesca
Telefonieren ist schlecht, ich lasse mir gerade meine Strähnchen machen … Schreib mir eine Mail. Die lese ich dann.
12:18

Francesca an Mama
Ich beneide dich. Mitten in der Woche beim Friseur.
12:20

Mama an Francesca
Ach, diese berufstätigen Frauen! Du solltest auch mal zu Luigi gehen und deine Farbe auffrischen lassen. Das könnte nichts schaden. Ciao, ciao, und vergiss nicht, mir die Mail zu schreiben!
12:22

Von: f.frigerio@beniculturali.it
An: mammafrigerio@tiscali.it
Betreff: Aufregende Neuigkeiten
17. Februar 2017, 13:00

Liebe Mama,
die Anacleti-Stiftung hat mich gerade zu einem Seminar eingeladen und vorher zu einem Einführungstag in Rom. Ich kann dir gar nicht sagen, wie wichtig das beruflich für mich ist. Meine Forschungen zu den Pigmenten der Initialen der Schriften des Appenin aus dem 11. Jahrhundert haben offenbar großen Eindruck gemacht. Sie laden alle fünf Jahre nur ganz wenige Bibliothekare und Bibliothekarinnen aus ganz Europa ein, sie übernehmen alle Kosten, verteilen Stipendien an jene, die es am meisten verdient haben, und sie haben einen wunderschönen Sitz in Rom … das alles ist wie ein Wunder! Ich fahre dorthin, ist das nicht toll? Ich bin schon ganz aufgeregt. Ich hatte Carlo gefragt, ob er nachkommen möchte, aber er kann nicht wegen der Arbeit. Er bleibt also mit den Kindern zu Hause, ich habe zwar für Chiara die Kinderfrau bestellt, aber ich würde dich bitten, ein Auge auf alles zu haben, man weiß ja nie …

Ich umarme dich
Francesca

PS: Was ist so falsch an meiner Haarfarbe?

Von: mammafrigerio@tiscali.it
An: f.frigerio@beniculturali.it
Betreff: Re: Aufregende Neuigkeiten
17. Februar 2017, 15:30

Meine liebe Tochter,
fangen wir mit den wichtigen Dingen an: Luigi, der sich, dies nur nebenbei, heute selbst übertroffen und mir honigfarbene Strähnen gemacht hat, mit denen ich aussehe wie Sharon Stone, hat dich offenbar seit Monaten nicht mehr gesehen. Du bist zwar eine Grazie, aber so ganz jung bist du nun auch nicht mehr, es könnte also nicht schaden, wenn du ein bisschen auf dich achten würdest: etwas frische Farbe, ein neuer Haarschnitt … Aber du hörst ja doch nicht auf mich.

Was deine »aufregenden Neuigkeiten« betrifft – ich freue mich natürlich für dich, auch wenn ich keine Ahnung habe, was das für eine Stiftung ist, von der du redest, und auch nicht wusste, dass du dich je für die Pygmäen im Apennin interessiert hast (gibt es dort überhaupt welche?). In jedem Fall ist es gut, dass du die Kinderfrau bestellt hast, denn ich habe hier selbst genug zu tun – abgesehen davon, dass ich es nicht gutheißen kann, dass du wegen deiner Arbeit so oft weg bist und die Kinder und den armen Carlo allein lässt. Um dich zu beruhigen, verspreche ich dir aber, dass ich mal vorbeischauen werde, wenn du in Rom bist, damit ich weiß, ob sie genug essen und richtig angezogen sind.

Mama

Von: f.frigerio@beniculturali.it
An: mammafrigerio@tiscali.it
Betreff: Re: Re: Aufregende Neuigkeiten
17. Februar 2017, 16:03

Hallo Mama,
es geht um *Pigmente*, nicht um Pygmäen! Das sind Farben aus Naturstoffen, die die Kopisten für die Initialen von Manuskripten benutzt haben. Ist aber nicht so wichtig, denn es scheint dir immer noch Mühe zu machen zu verstehen, womit ich mich beschäftige, obwohl ich ein Diplom, einen Doktor- und verschiedene Mastertitel habe.

Und nun zu den wichtigen Dingen, wie du so schön sagst: Ich bin NIE auf Dienstreise. Seit Andreas Geburt (das ist nun zwölf Jahre her) war ich vielleicht vier Mal weg, deswegen brauchst du mir keine Schuldgefühle einzureden. Ich erinnere dich daran, dass diese armen Kinder einen Vater haben, der schließlich auch zu Hause wohnt, und darüber hinaus eine Kinderfrau, die ich umso mehr schätze, als meine nächsten Verwandten offenbar nie Zeit haben. Auch deine Sorgen um die Ernährung sind völlig unbegründet, da weder die Kinder (noch meine Eltern noch meine Freunde, noch irgendjemand, der je an meine Tür geklopft hat) je ohne Essen auskommen mussten. Und was die Kleidung angeht, solltest du bedenken, dass ich meinen Termin Mitte März habe, und dann noch mal Ende April. Es besteht also keine Gefahr, dass die Kinder erfrieren werden, obwohl sie so eine Rabenmutter haben.

So sieht's aus.

F.

Von: mamma.frigerio@beniculturali.it
An: f.frigerio@beniculturali.it
Betreff: Re: Re: Re: Aufregende Neuigkeiten
17. Februar 2017, 17:00

Francesca, was ist los mit dir? Du wirkst ein wenig überspannt.
Mama

Guendalina an Fabio
He, wie geht's? Was treibst du so?
19:30

Fabio an Guendalina
Nichts Besonderes, ich weiche gerade ein paar Kichererbsen im Wasserbad ein, dann gehe ich ins Kino.
19:31

Guendalina an Fabio
Fabio, du redest wie meine Großmutter. Kichererbsen und Wasserbad?
19:32

Fabio an Guendalina
Genau! Morgen kommen ein paar Leute zum Essen, und ich wollte Pasta mit Kichererbsen machen. Warum wundert dich das so? Du weißt doch, dass ich dauernd koche.
19:33

Guendalina an Fabio
Leute? Wie viele? Oder ist es nur eine Person?
19:34

Fabio an Guendalina
Es kommen zwei Kollegen aus Mailand, wenn du es genau wissen willst, und ich wollte etwas typisch Römisches kochen.
19:35

Guendalina an Fabio
Aus Mailand? Ist das eigentlich so eine Art kulturelles Austauschprogramm mit Norditalien, bei dem du da mitmachst?
19:36

Fabio an Guendalina
Du bist blöd. Aber ich übergehe deine Provokation. Und kein Grund zur Eifersucht: Mailand hüllt sich gerade in Schweigen. Seit Francesca mir von ihrem heißen Abend berichtet hat, höre ich nichts mehr von ihr.
19:37

Guendalina an Fabio
Heiß? Was meinst du damit? Und warum erzählt sie dir so was?
19:38

Fabio an Guendalina
Sie hat mir von so einem Autor erzählt, der ihr den Hof macht. Sie streitet es zwar ab, aber ich glaube, er gefällt ihr, denn als die beiden neulich abends zusammen ausgegangen sind, hat sie auf keine meiner SMS reagiert.
19:40

Guendalina an Fabio
Habe ich dich richtig verstanden? Du hast ihr Nachrichten geschickt, während sie mit jemand anderem verabredet war? Was soll das?
19:41

Fabio an Guendalina
Keine Ahnung. Ich bin nicht so richtig von dem Kerl überzeugt, und sie schien es auch nicht zu sein, und da wollte ich einfach wissen, ob alles gut läuft.
19:42

Guendalina an Fabio
Geht das nicht vielleicht etwas über eure Frauenfreundschaft hinaus? Die Geschichte mit der doppelten Identität scheint dir zu Kopf zu steigen, mein Lieber!
19:43

Fabio an Guendalina
Nein, Guenda, wir sind nur Freundinnen. Ich bin Maria, und Maria hat sich mit Francesca angefreundet. Und dieser Typ will sie nur ins Bett kriegen und mehr nicht.
19:44

Guendalina an Fabio
Mein Gott, du müsstest dich selbst mal hören! Maria und Francesca sollen Freundinnen sein? Du bist zu viel allein, Fabio, und das schon viel zu lange. Komm aus deiner Küche raus, verdammt, und fang endlich an zu leben! Die Bratendämpfe haben dir offenbar die Sinne vernebelt.
19:45

Francesca an Luz
Hast du heute Abend schon was vor?
13:30

Luz an Francesca
Nein, warum? Wohin gehen wir?
13:31

Francesca an Luz
Nirgendwohin. Ich muss dich um einen Gefallen bitten. Auch wenn Samstag ist.
13:32

Luz an Francesca
Schieß schon los, du weißt doch, dass ich nicht nein sagen kann. Hat das wieder etwas mit diesem Schriftsteller zu tun?
13:23

Francesca an Luz
Natürlich nicht! Wir haben doch schon darüber geredet. Es geht nur darum, die Lage wieder ins Lot zu bringen.
13:35

Luz an Francesca
Welche Lage? Du hattest doch gesagt, es sei nichts passiert?
13:36

Francesca an Luz
Ja, aber ich fühle mich trotzdem etwas schuldig und würde Carlo gern eine pikante Überraschung bereiten.
13:38

Luz an Francesca
Sorry, für einen flotten Dreier bin ich nicht zu haben.
13:40

Francesca an Luz
Haha, sehr witzig! Du sollst nur auf die Kinder aufpassen, denn ich habe einen erotischen Abend zu zweit im Auge. Nicht im Restaurant allerdings, deswegen sollten die Kinder nicht zu Hause sein …
13:42

Luz an Francesca
Ich verstehe. Na gut, die Kinder können gern bei mir schlafen.
13:43

Francesca an Luz
Wirklich? Du bist ein Schatz!
13:45

Luz an Francesca
Ich liebe deine Kinder. Ich kaufe eine Tüte Chips und lauter ungesundes Zeug, das wird ihnen gefallen. Was ist denn mit eurem Wochenende in Rom? Klappt das nicht?
13:47

Francesca an Luz
Du hast es erraten.
13:49

Luz an Francesca
Na, dann zeig's ihm heute Abend. Vielleicht wacht er dann mal auf. Und wenn du vorhast, etwas zu kochen, dann rate ich dir: Tu ein Aphrodisiakum rein!
13:50

Francesca an Luz
Mach ich.
13:51

Von: f.frigerio@beniculturali.it
An: mariacolucci@hotmail.com
Betreff: Ein ganz besonderes Rezept
18. Februar 2017, 14:30

Liebe Maria,
ich brauche deine Hilfe. Heute Abend möchte ich meinen Mann überraschen. Wir hatten so lange keine Zeit mehr zu zweit. Wir sind beide immer so eingespannt (die Arbeit, die Kinder etc.). Ich hatte eigentlich etwas ganz anderes geplant, ein Wochenende zu zweit in Rom (in Rom!), weil ich wegen meiner Arbeit dorthin muss – ich berichte dir noch davon, vielleicht haben wir sogar Gelegenheit, uns zu sehen –, aber Carlo muss arbeiten, und so wird nichts daraus. Da ich aber nie aufgebe, habe ich meine Freundin Luz gebeten, die Kinder zu nehmen, und möchte einen romantischen Abend bei uns zu Hause machen, mit delikatem Essen, gutem Wein, einem schön gedeckten Tisch, Kerzenlicht … Du weißt schon – Miniferien vom Alltag. Ich brauche also ein ganz besonderes Rezept, wenn du verstehst … Es darf aber nicht zu viel Zeit kosten, weil ich noch einkaufen muss und wenn möglich noch beim Friseur vorbeiwill. Ich habe also keine Zeit, stundenlang am Herd zu stehen. Hast du vielleicht eine Idee?

Danke im Voraus,
Francesca

Von: mariacolucci@hotmail.com
An: f.frigerio@beniculturali.it
Betreff: Muschelsauté
18. Februar 2017, 16:32

Liebe Francesca,
wenn ich richtig verstanden habe, möchtest du den heutigen Abend mit deinem Mann verbringen und den Rest der Welt vergessen. Ich vermute auch – jetzt muss ich etwas indiskret werden –, du möchtest mit ihm schlafen. Ich erlaube mir, das zu sagen, weil ich mich selbst nach einem Partner sehne, nach einer erfüllten und schönen Beziehung, und weil in meiner Vorstellung einer leidenschaftlichen Nacht immer auch ein romantisches Abendessen vorangehen sollte – eine Art des Zusammenseins, der Magie anhaftet, und die ich, kurz gesagt, vermisse. Wenn ich also richtigliege, was den Abend angeht, den du dir wünschst, schlage ich dir ein Sauté vor. Meeresfrüchte haben eine aphrodisierende Wirkung! Auch wenn aus ernährungstechnischer und biologischer Hinsicht Zweifel daran bestehen, garantiere ich zumindest einen psychologischen Effekt, weil Meeresfrüchte geschmackliche und metaphorische Signale senden, weil sie gute Laune machen und weil sich ihre wunderbare Wirkung mit dem richtigen Wein noch verstärkt.

Das Sauté geht sehr schnell, wenn du bereits gebürstete und entbartete Miesmuscheln findest, sonst nimmst du eben nur Venusmuscheln. Du kannst es aber auch nur mit Miesmuscheln machen, so mag ich das Sauté am liebsten. Ich liebe Miesmuscheln (und am meisten Bartmuscheln), weil sie etwas stärker im Geschmack und irgendwie rustikaler als Venusmuscheln und andere Meeresfrüchte sind und außerdem günstig. Aber Vorsicht! Das Wasser, das aus den Miesmuscheln kommt, ist sehr salzig, man muss bei der Zubereitung also aufpassen – niemals salzen, wenn du Miesmuschelwasser verwendest.

Meiner Meinung nach muss das Sauté ziemlich brüheähnlich sein, damit man einen schönen Sud bekommt, den man mit frischem Brot oder Croutons servieren kann.

Nimm einen großen Kochtopf oder einen Wok oder eine große Pfanne und brate Knoblauch und eine Peperoni an, Knoblauch muss hinein, heute Abend erlaube ich dir aber nur, ganz wenig zu nehmen, aber nur heute Abend! Bei den nächsten Malen viel Knoblauch, mindestens eine Zehe pro Person, schön mit der Schale gepresst.

Wenn der Knoblauch eine goldbraune Farbe angenommen hat, kannst du ihn auch herausnehmen, dann Miesmuscheln und Venusmuscheln in die Pfanne geben, dann ein Glas Wein dazu und die Flamme hochdrehen; die Muscheln öffnen sich nun und geben ihr Wasser ab. Lass den Wein gut einkochen und füge die Tomaten stückchenweise hinzu (nicht schälen, es wird auch so sehr gut). Auf geringer Flamme alles zehn Minuten köcheln lassen, damit die Tomate gar wird, und fertig ist es. Ein bisschen Pfeffer und frisches Brot! Und schon hast du ein köstliches, die Sinne anregendes Essen.

Nun zum Wein: Ich empfehle einen Weißwein vom Ätna, Fiano d'Avellino, oder jedenfalls einen vom Mittelmeer mit kräftigem Geschmack. Champagner passt natürlich auch, muss aber nicht sein.

Ciao, Francesca, einen schönen Abend!
Maria

PS: Noch etwas Wichtiges: ich habe mir einen Mörser gekauft! Die Ära des Pesto alla Maria kann also beginnen …

Francesco an Carlo
Liebling, nimm dir heute Abend bitte nichts vor. Heute bin ich deine Verabredung!
15:01

Carlo an Francesca
Aber Schatz, du weißt doch, dass ich heute beim Golf bin.
15:02

Francesca an Carlo
Ja, aber um sechs ist es dunkel. Dann gehörst du mir. Sei um 20 Uhr 30 zu Hause.
Verspätung nicht erlaubt.
15:03

Carlo an Francesca
Na schön. Ich mag es, wenn du so energisch bist. Ich gestehe: Es macht mir auch ein bisschen Angst. Aber irgendwie gefällt es mir.
15:05

Gianni an Fabio
Großartiger Abend gestern in der Osteria in Prati! Mein Kompliment, du Starkoch! Ich weiß ja, wie gut du kochen kannst, das war keine Überraschung, aber was mich total vom Hocker gehauen hat, war diese Selbstverständlichkeit, mit der du vor den Leuten aufgetreten bist. Ganz großes Kino. Sara war auch total begeistert.
15:05

Fabio an Gianni
Ach, sie heißt Sara, da ist mir gestern ja ein schöner Fauxpas erspart geblieben – ich dachte, das wäre Rosella. Danke für deine Komplimente, ich freue mich auch! Vielleicht besonders über die von Sara, du kennst ja die Sachen, die ich koche. Sie scheint nett zu sein (ich sage mal nichts zu ihrem Äußeren, das wäre peinlich). Was hat sie denn gesagt? Und was hat ihr besonders geschmeckt?
15:06

Gianni an Fabio
Sara sagt, das Pil Pil sei hervorragend gewesen. Sie ist ziemlich anspruchsvoll, sehr kultiviert, sie arbeitet am Theater, weißt du, und ich verstehe gar nicht, wie sie es mit einem wie mir überhaupt aushält.
15:10

Fabio an Gianni
Aber sie isst gerne und weiß eine gute Küche zu schätzen. Wie sieht es mit Wein aus?
15:11

Gianni an Fabio
Damit kennt sie sich besser aus als ich, ich würde sagen, sie ist eine echte Feinschmeckerin. Du hast jedenfalls ziemlichen Eindruck hinterlassen, und ich habe etwas von deinem Glanz abbekommen.
15:20

Fabio an Gianni
Gut für dich. Weißt du übrigens, dass Nicola mir gestern gesagt hat, dass er noch weitere Kochabende mit mir veranstalten will?
15:22

Gianni an Fabio
Das wundert mich nicht. Das Restaurant war voller Menschen, die gerne Geld für gutes Essen ausgeben, und alle sind begeistert nach Hause gegangen.
15:22

Von: nicola.proietti@ilcorpoelospirito.com
An: fabio.colucci@raildesign.it
Betreff: Ein weiterer Abend mit meinem Lieblingsgastkoch
19. Februar 2017, 18:35

Lieber Fabio,
der gestrige Abend war, wie ich dir bereits gesagt habe, ein voller Erfolg! Ich lade viele Köche ein, viele Weinexperten und Sommeliers, aber nie, NIEMALS waren meine Gäste dermaßen begeistert. Von dem Essen, aber auch von dir. Du kannst wirklich gut mit Menschen umgehen. Sie fühlen sich sofort wohl, du machst sie neugierig, nimmst sie für dich ein. Die Leute haben dir im wahrsten Sinne des Wortes aus der Hand gefressen, und du hast sie mit deinen kulinarischen Kunststücken verzaubert.

Deshalb möchte ich dir wie besprochen gleich einen weiteren Abend vorschlagen, im April habe ich eine Gruppe von Uni-Leuten, irgendwelche Wissenschaftler, die aus ganz Europa auf Einladung einer Kulturstiftung zu einem Kongress zusammenkommen. Wir möchten, dass ihnen vor Staunen und Entzücken der Mund offen steht! Überleg dir also ein schönes Menü, denk über den Wein nach – Zeit genug hast du ja.

Bis bald
Nicola

Pasta con pesce spada e pesto di pistacchi

Pasta mit Schwertfisch und Pistazienpesto

Von: reservations@hotelprincipessacolonna.com
An: f.frigerio@beniculturali.it
Betreff: Reservierung
20. Februar 2017, 16:00

Liebe Frau Doktor Frigerio,
hiermit bestätigen wir Ihnen, dass für Sie in unserem Hotel für den 16. auf den 17. März eine Juniorsuite reserviert ist. Am Bahnhof Roma Termini wird Sie jemand abholen. Wir freuen uns, Sie in Rom begrüßen zu dürfen, und senden Ihnen herzliche Grüße,

Paolo Zanelli

Reservation Service
Hotel Principessa Colonna
Rom

Francesca an Maria
Maria, ich habe gute Neuigkeiten! Am 15. und 16. März bin ich wegen dieses Seminars, von dem ich dir neulich erzählte, in Rom, und ich überlege, noch den Freitagabend dazubleiben. Dann könnten wir uns sehen. Na? Was sagst du?
11:15

Maria an Francesca
Oje, da bin ich gerade nicht in Rom, sondern auf Dienstreise in Bari. Wie ärgerlich! Ich hätte dich wirklich sehr gern kennengelernt.
11:16

Francesca an Maria
Und abends? Ich bin auch noch Freitagabend da, da ist ein Essen mit den Kollegen und dem Direktor der Stiftung anberaumt, aber vielleicht können wir uns dazwischen auf einen Aperitif treffen. Das wäre zwar nur kurz, aber so sehen wir uns wenigstens mal, oder?
11:18

Maria an Francesca
Das wird schwierig, am Freitag könnte es bei mir spät werden. Tut mir leid, Francesca, ich überlege noch mal und schreibe dir dann. Bin gerade in einer Besprechung …
11:19

Fabio an Guendalina
SOS! Notfall! Meldest du dich mal?
11:19

Guendalina an Fabio
Was ist los? Was hast du dir heute wieder ausgedacht? Sag bloß, es geht wieder um diese Frau aus Mailand.
11:20

Fabio an Guendalina
Sie kommt nach Rom! Die Mailänderin will mich kennenlernen!
11:21

Guendalina an Fabio
Na und? Genau das wolltest du doch! Vom ersten Augenblick an. Erzähl mir nicht, du willst diese Frau nicht treffen, das glaube ich dir sowieso nicht.
11:23

Fabio an Guendalina
Natürlich würde ich sie gern sehen, aber für sie bin ich doch Maria, schon vergessen?
11:24

Guendalina an Fabio
Fabio, sag es ihr endlich! Früher oder später musst du es sowieso tun.
11:24

Fabio an Guendalina
Sie wird furchtbar wütend sein! Wir sind *Freundinnen*, ist dir klar, was das heißt?
11:25

Guendalina an Fabio
Ist dir eigentlich klar, wie unreif dein Verhalten ist und was für ein Arsch du bist? Du tauschst zwei Rezepte mit ihr aus, und schon denkst du, ihr seid Seelenverwandte? Das kannst du mir nicht erzählen.
11:25

Fabio an Guendalina
Es ist aber so. Sie bedeutet mir viel, und wir reden über alles, nicht nur übers Kochen!
11:26

Guendalina an Fabio
Ja, wahrscheinlich hat sie dir sogar ihre ganze langweilige Ehegeschichte erzählt und wonach sie sich wirklich sehnt … also bitte!
11:26

Fabio an Guendalina
Herrje, immer beschimpfst du mich, und nie hilfst du mir. Also hilfst du mir jetzt oder nicht? Bitte!
11:27

Guendalina an Fabio
Wann kommt sie denn?
11:28

Fabio an Guendalina
In knapp zwei Wochen, sie ist Mittwoch und Donnerstag den 15. und 16. März hier auf ihrem Seminar. Und wie es aussieht, bleibt sie auch noch Freitagabend.
11:30

Guendalina an Fabio
Ich hab's. Fahr nach Casablanca! Da kann man in nur drei Tagen eine Geschlechtsumwandlung machen lassen, und dann bist du rechtzeitig wieder hier, als Maria.
11:31

Fabio an Guendaliona
Du bist so komisch! Ich habe eine bessere Idee.
11:32

Guendalina an Fabio
Schon wieder eine Idee von dir? Das kann nur was ganz Schreckliches sein.
11:33

Fabio an Guendalina
Du spielst Maria, nur für die Zeit eines Aperitifs.
11:34

Guendalina an Fabio
Jetzt hast du völlig den Verstand verloren.
11:34

Fabio an Guendalina
Überleg doch mal! Das könnte sehr amüsant werden. Und ich komme mit und spiele deinen Verlobten.
11:35

Guendalina an Fabio
Kommt nicht in die Tüte.
11:35

Fabio an Guendalina
Entschuldige, aber ich habe so was auch schon mal für dich gemacht, vor langer Zeit … Als du diesen aufdringlichen Tancredi loswerden wolltest, der dir ständig nachlief? Erinnerst du dich?
11:37

Guendalina an Fabio
Ja, aber dir macht es Spaß, dich wie ein Idiot aufzuführen, und es hat dir damals sehr gefallen, meinen Freund zu spielen. Außerdem ist die ganze Geschichte schon zwölf Jahre her.
11:38

Fabio an Guendalina
Na und? So was verjährt nicht. Du wirst es auch lustig finden, da bin ich mir sicher, und außerdem glaube ich, dass du selbst

vor Neugierde platzt, diese Francesca aus Mailand endlich kennenzulernen.
11:39

Guendalina an Fabio
Das wüsste ich aber …
11:40

Fabio an Guendalina
Guendalina! Ach, komm schon, sag ja. Das wird ein großer Spaß!
11:41

Guendalina an Fabio
Und wie soll ich mich mit einer wie der übers Kochen unterhalten? Ich weiß ja nicht mal, wie man Penne mit Butter macht.
11:42

Fabio an Guendalina
Wir haben ein bisschen Zeit, um deine schlimmsten Wissenslücken zu füllen. Ich sage dir, was du antworten sollst, wenn sie dir Fragen stellt, oder wie du einem Thema aus dem Weg gehen kannst. Das ist in jedem Fall weniger aufwendig als eine Geschlechtsumwandlung, das musst du zugeben. Und bedeutend unterhaltsamer.
11:43

Guendalina an Fabio
Oh Gott! Heißt das, du willst mir das Kochen beibringen?
11:44

Fabio an Guendalina
Es ist nie zu spät, und wer weiß, vielleicht ist dein nächster Verlobter dann auch bereit, dich zu heiraten.
11:45

Guendalina an Fabio
Du sexistischer Macho. Dass ich deine Maria spiele, kannst du vergessen.
11:46

Fabio an Guendalina
He! Das war doch nur Spaß! Vielleicht ist es auch zu ehrgeizig von mir, dir das Kochen beibringen zu wollen, aber ich kann dir zumindest ein paar oberflächliche Kenntnisse vermitteln, damit du dich beim Gespräch mit Francesca nicht verrätst … Am besten wäre es allerdings, das Gespräch auf andere Themen zu lenken und deinen Verlobten reden zu lassen. Komm heute Abend zu mir, Lektion Nr. 1: Die Grundlagen römischer Küche in Theorie und Praxis.
11:47

Guendalina an Fabio
Du gibst also nicht auf. Also gut, um wie viel Uhr?
11:50

Fabio an Guendalina
Halb acht. Glaub mir, du wirst es nicht bereuen!
11:50

Guendalina an Fabio
Hört sich an, als wolltest du dich an mir vergreifen …
11:51

Fabio an Guendalina
Das hätte gerade noch gefehlt. Obwohl, wenn ich darüber nachdenke …
11:52

Guendalina an Fabio
Jaja, geschenkt, mein Lieber! Aber mir scheint, diese Mailänderin hält dich etwas zu sehr in Atem.
11:53

Fabio an Guendalina
Ach was, alles halb so schlimm.
11:55

Guendalina an Fabio
Na, dann bleib mal schön locker. Wir sehen uns heute Abend. Ciao
11:55

Guendalina an Fabio
Entschuldige, Fabio, brauche ich für die Carbonara Guanciale oder Pancetta?
9:57

Fabio an Guendalina
Beides geht, du kannst es auch mischen. Ich nehme Schweinebacke statt Speck. Man sollte sich niemals zu streng an die Regeln halten, in der Küche wie im Leben …
9:59

Guendalina an Fabio
Fabio, bitte erspar mir deine Küchenphilosophie, ja?
10:00

Fabio an Guendalina
Genau. Reden wir lieber über Guanciale und Pancetta. Du musst den Unterschied kennen: Guanciale ist fett, sehr fett, im Vergleich dazu ist am Pancetta mehr Fleisch dran. Aber nimm keinen Räucherspeck, ja? Ich sehe mit Freuden, dass du dir über das, was du bei mir lernst, Gedanken machst.
10:04

Guendalina an Fabio
Ja. Und ich habe schon eine Quiche in den Ofen getan, die ich als Torta rustica auf deiner Website @mistressinthekitchen entdeckt habe. Ich könnte sogar jemanden zum Essen einladen …
10:08

Fabio an Guendolina
Fang doch bei mir an, dann kann ich dir noch ein paar Tipps geben. Und wenn du willst, bringe ich meinen Freund Dario mit. Er ist Steuerberater, du kennst ihn nicht, aber er ist sehr nett.
10:10

Guendalina an Fabio
Wie öde, ein Steuerberater! Danke, aber so verzweifelt bin ich wirklich noch nicht.
10:11

Fabio an Guendalina
Er ist Single und sieht gut aus.
10:12

Guendalina an Fabio
Okay, bring ihn mit.
10:12

Fabio an Guendalina
Hahaha, also doch!
10:13

Guendalina an Fabio
Das war ein Witz, du weißt doch, ich steh nicht auf blind dates.
10:15

Fabio an Guendalina
Natürlich nicht … Hör zu, ich habe eine Idee. Da ich gerade Pestos ausprobiere, könnten wir bei dir eins machen. Ich bringe meinen neuen Mörser mit, okay?
10:16

Guendalina an Fabio
Einverstanden.
10:18

Francesca an Maria
Ciao, Maria, ich habe herausgefunden, dass unser Seminar um sechs zu Ende ist. Es findet im Hotel Bristol an der Piazza Barberini statt. Wo sollen wir uns anschließend zum Aperitif treffen? Um 20 Uhr 30 muss ich allerdings zu meinem Abendessen, es tut mir leid, aber da muss ich hin …
8:35

Maria an Francesca
Dann lass uns auf der Terrasse des Rinascente in der Via del Tritone treffen, da bist du in fünf Minuten. Um sieben. Vielleicht kommt auch mein Freund mit, mit dem ich anschließend irgendwo in der Nähe etwas essen gehen möchte, ich hoffe, das stört dich nicht?
8:40

Francesca an Maria
Dein *Freund*? Von dem hast du mir ja noch gar nichts erzählt! Sieben Uhr ist perfekt. Erzähl mir ein bisschen von ihm, damit ich vorbereitet bin.
8:41

Maria an Francesca
Ich hatte dir nicht von ihm erzählt, weil wir uns erst seit kurzem kennen. Im Moment ist er das, was man eine Übergangslösung nennen würde.
8:43

Francesca an Mareia
Eine was???
8:44

Maria an Francesca
Ein Mann, der einem nach einer langjährigen Beziehung begegnet und einen bis zur nächsten herüberträgt, ohne den Anspruch, dass er diese neue Beziehung sein wird.
8:45

Francesca an Maria
Oh, interessant!
8:46

Francesca an Carlo
Ciao, ich bin im Zug. Ist zu Hause alles okay? Hast du die Focaccia gefunden, die ich für Chiara dagelassen hatte? Und die Torta pasqualina für Andrea? Er hat heute Fußball und kommt nicht zum Mittagessen.
7:58

Carlo an Francesca
Nein, ich habe ihr beim Konditor zwei Cannoncini gekauft. Sie hat sich sehr gefreut. Und Andrea hat gesagt, er kommt allein klar.
7:59

Francesca an Carlo
Wie »er kommt allein klar«? Und mit welchem Geld? Ich bin bis Mitternacht aufgeblieben, um ihm die Torta zu machen und die Focaccia für Chiara.
8:00

Carlo an Francesca
Mach dir keine Sorgen, sie kommt auch ohne aus, glaub mir. Die Torta kann Andrea abends essen. Oder vorher, denn ich gehe mit den Kindern in die Pizzeria.
8:01

Francesca an Carlo
Wieso in die Pizzeria? Ich habe Schwertfisch im Kühlschrank gelassen und geschälte Pistazien für ein Pesto. Das Rezept ist ganz einfach. Du musst nur die Pasta kochen und brätst in der

Pfanne den in Würfel geschnittenen Fisch mit ein bisschen Öl und Knoblauch. Die Pistazien kommen mit etwas Öl in den Mixer, tu alles zusammen und schmeck es ab. Das solltest sogar du schaffen.
8:03

Carlo an Francesca
Danke, Francesca. Aber jetzt habe ich doch den Kindern schon gesagt, dass wir Pizza essen gehen. Vielleicht mache ich den Fisch dann morgen. Nicht aufregen, und amüsiere dich ein bisschen.
8:04

Francesca an Carlo
Na schön. Vergiss bitte nicht, dass du Chiara um fünf beim Ballett abholen musst und dass morgen Lindsay kommt und *Funny English* mit den Kindern macht. Lad sie zum Abendessen ein, sie mag mein Essen.
8:05

Carlo an Francesca
Natürlich mag sie dein Essen. Bevor sie dich kennenlernte, hat sie Ravioli aus der Dose gegessen. Aber Pasta mit Schwertfisch und Pesto finde ich übertrieben. Vielleicht lade ich ein paar Freunde ein und mach eine Flasche auf und hole für die Kinder was in der Rosticceria.
8:06

Francesca an Carlo
Das muss doch nicht sein. Es ist doch schon alles fertig im Kühlschrank. Ich bin die Rosticceria!
8:09

Fabio an Guendalina
Es ist alles abgemacht: Francesca trifft sich Freitag mit uns zum Aperitif. Bist du bereit?
8:45

Guendalina an Fabio
Ich habe kein gutes Gefühl! Ich bin keine Maria und werde auffliegen, wenn es um die Küchengespräche geht! Außerdem muss ich dir etwas sagen.
8:46

Fabio an Guendalina
Was?!
8:46

Guendalina an Fabio
Ich denke, die Cacio e pepe wären besser, wenn man auch ein bisschen Parmesan nimmt, etwa die Hälfte. Nur Pecorino ist mir zu würzig.
8:48

Fabio an Guendalina
Wie gesagt, kein Dogmatismus in der Küche! Probier es aus, und sag mir, wie es geworden ist. Die Bauern um Rom hatten natürlich auch keinen Feinkostladen unten im Haus, bei dem sie mal eben schnell Parmesan holen konnten. Deine Version ist also ein bisschen »verstädtert«, würde ich sagen, aber das ist ja kein Problem!
8:50

Fabio an Guendalina
Und jetzt mach dich mal locker, Guenda, das wird schon heute Abend. Wir haben doch einen ganz ähnlichen Humor. Und was das Kochen angeht, geh einfach nicht zu sehr ins Detail. Es gibt doch noch so viele andere Themen: Klamotten, Shopping, Männer …
8:52

Guendalina an Fabio
Okay, aber eins sage ich dir in aller Deutlichkeit: Ich mache das kein zweites Mal. Stell dich also darauf ein, es ihr möglichst bald zu sagen. Je mehr Zeit vergeht, desto schlimmer wird es.
8:53

Fabio an Guendalina
Einverstanden. Wenn sie zurück in Mailand ist, sag ich ihr die Wahrheit. Glaubst du, sie wird sehr wütend sein?
8:54

Guendalina an Fabio
Natürlich wird sie das, damit musst du rechnen. Du hast sie ganz schön verarscht. Aber wir werden ja bald sehen, wie sie so ist.
8:55

Fabio an Guendalina
Weißt du, was? Wenn ich so darüber nachdenke … Vielleicht ist es doch besser, du gehst allein zu der Verabredung.
9:05

Guendalina an Fabio
WAS?
9:07

Fabio an Guendalina
Ich bin noch nicht bereit für so ein Treffen. Außerdem habe ich Angst, die Sache zu vermasseln. Und ich habe großes Vertrauen in dich. Glaub mir, es ist besser so.
9:09

Guendalina an Fabio
Wieso besser? Was soll ich denn sagen? Was soll ich tun? Was soll ich überhaupt anziehen?
9:10

Fabio an Guendalina
Zieh das an, was Maria anziehen würde.
9:11

Guendalina an Fabio
Aber DU bist Maria! Soll ich mich also wie ein Mann anziehen?!
9:12

Fabio an Guendalina

Ach, Guenda, jetzt mach's nicht so kompliziert … Du willst mich doch jetzt nicht hängen lassen?

9:13

Guendalina an Fabio

Wer lässt hier wen hängen, hä? Na schön, ich mache es, damit du nicht auffliegst, aber dafür wirst du bezahlen, mein Freund! Und nach dem Aperitif bin ich sofort weg, ich gehe nämlich noch auf die Feier einer Freundin, aber morgen früh will ich mit dir über alle Details reden, du Mistkerl!

9:15

Guendolina an Fabio
Bist du schon wach?
8:26

Fabio an Guendalina
Ja.
8:27

Guendalina an Fabio
Du sitzt ganz schön in der Tinte, mein Lieber. Ich wusste es, ich wusste es. Es ist zum Verrücktwerden, sie ist nämlich genau dein Typ: eher sachlich, aber lebhaft, sicher auch liebevoll, aber hochintelligent. Alles in allem: eine gefährliche Frau. Das wird noch ein Riesenproblem!
8:30

Fabio an Guendalina
Entschuldigung, Guenda, aber wie kann eine verheiratete Frau, die ihren Mann liebt, zwei Kinder hat und in einer anderen Stadt lebt, gefährlich sein?
8:32

Guendalina an Fabio
Weil du keiner bist, der so leicht aufgibt. Ich weiß auch nicht, wie du nur über eure Mails und Nachrichten herausgefunden hast, welcher Typ Frau sie ist, aber ich habe sie gesehen und sage dir: Sie ist atemberaubend schön, sie ist genau dein Typ, und du wirst dich nicht geschlagen geben, bevor du sie nicht …
8:35

Fabio an Guendalina
Soso!
8:35

Guendalina an Fabio
Sie ist schon wieder in Mailand, und wann sagst du es ihr jetzt endlich? Dass du Maria bist, meine ich. Dass du es bist und, nur nebenbei bemerkt, nicht ich.
8:37

Fabio an Guendalina
Ich überlege, nach Mailand zu fahren und direkt mit ihr zu sprechen. Meinst du nicht auch, dies ist der einzige Weg, unsere Freundschaft zu retten?
8:38

Guendalina an Fabio
Die *Freundschaft* schon, sicher. Und wann soll das Gespräch stattfinden?
8:39

Fabio an Guendalina
Ich habe nächste Woche einen beruflichen Termin in Mailand. Ich könnte oder, besser gesagt, du könntest, weil du ja jetzt Maria bist, also Maria könnte sich mit ihr zum Kaffee verabreden, und dann erwartet sie zwar Maria, aber stattdessen kommt Fabio, also ich, nämlich die echte Maria. Dann wird sie mir schon verzeihen. Oder?
8:41

Guendalina an Fabio
Keine Ahnung, du Vollidiot. Ich drücke dir die Daumen.
8:42

Seppie in zimino

Tintenfisch mit Mangold

Luz an Francesca
Na, wie ist sie?
8:00

Francesca an Luz
Sie ist groß, blond, hat etwas leicht Aggressives, Spöttisches. Aber ein schönes Gesicht. Sie ist sympathisch, aber ich hatte sie mir anders vorgestellt. Sie wirkte auch ein bisschen durcheinander. Als wir über Rezepte gesprochen haben, konnte sie nie richtig was dazu sagen. Ausgerechnet sie!
8:01

Von: a.piazzato@ferroviedellostato.it
An: fabio.colucci@raildesign.it
Betreff: Projekt Strukturveränderung des PCC Mailand-Rogoredo
21. März 2017, 15:15

Lieber Herr Colucci,
wie heute telefonisch besprochen, würden wir uns sehr freuen, wenn wir das oben genannte Projekt in unserem Mailänder Büro besprechen könnten. Es wird auch der Ingenieur Gianni Belotti anwesend sein, der unsere Machbarkeitsstudien verantwortet, sowie der Ingenieur Michele Franco vom technischen Dienst der Abteilung.

Als Termin schlagen wir den 28. März um 11:30 Uhr vor.

Danke im Voraus für eine kurze Bestätigung und beste Grüße

Antonio Piazzato

Ing. Antonio Piazzato
Italienische Eisenbahn
Produktionsabteilung
Via Ernesto Breda
20126 Mailand

Maria an Francesca
Ciao, Francesca, nächsten Dienstag habe ich eine Besprechung in Mailand, sollen wir uns auf einen Kaffee treffen? (Ich möchte dir auch etwas Wichtiges erzählen, das aber lieber persönlich.) Mein erstes Pesto mit dem Mörser hat leider gar nicht geschmeckt.
9:50

Francesca an Maria
Was für eine Überraschung! Natürlich habe ich Zeit für einen Kaffee. Bleibst du über Nacht in Mailand? Willst du nicht abends zu uns zum Essen kommen?
9:51

Maria an Francesca
Ich muss abends wieder zurückfahren, weil ich Mittwochmorgen schon wieder einen Termin in Rom habe.
9:53

Francesca an Maria
Wo hast du denn deinen Termin in Mailand?
9:54

Maria an Francesca
In der Via Ernesto Breda in Sesto San Giovanni.
9:55

Francesca an Maria
Das ist nicht gerade im Zentrum. Aber wir werden schon einen gemütlichen Treffpunkt finden, bevor du wieder losmusst.
9:56

Maria an Francesca
Wunderbar.
9:57

Francesca an Maria
Was war bei dem Pesto denn das Problem?
10:00

Maria an Francesca
Es hatte viel Geschmack, das Verhältnis der Käsesorten war ausgeglichen, aber es war nicht so cremig, wie ich es gern gehabt hätte. Es war wie eine Art Stracciatella.
10:01

Francesca an Maria
Man muss mit dem Mörser erst eine Weile üben, bis man es richtig hinbekommt. Wenn wir uns wiedersehen, gebe ich dir ein paar Tipps.
10:03

Maria an Francesca
Danke, das habe ich gehofft!
10:04

Von: fabio.colucci@raildesign.it
An: a.piazzata@ferroviedellostato.it
Betreff: Projekt Strukturveränderung des PCC Mailand-Rogoredo
21. März 2017, 19:02

Lieber Herr Piazzato,
gerne bestätige ich unseren Termin für den kommenden Dienstag, den 28. März in ihrem Büro in der Via Breda. Ich werde Sie vorher noch anrufen, damit wir uns über die vorzubereitenden Unterlagen abstimmen können.

Mit herzlichem Gruß
Fabio Colucci

Senior Partner
Rail Design GmbH
Via Salaria 783
00165 Rom

Von: nicola.proietti@ilcorpoelospirito.com
An: fabio.colucci@raildesign.it
Betreff: Re: Nächster Abend in der Osteria in Prati
21. März 2017, 23:45

Lieber Fabio,
wir haben nun den Termin für die Abendgesellschaft in der Osteria fix. Datum ist der 23. April, ein Sonntag. Das ist ein Glück, denn so hast du den ganzen Tag Zeit für die Vorbereitung des Essens. Die Gesellschaft ist bunt, 42 Personen, Experten für irgendwas, die aus ganz Europa kommen. Welches Thema wollen wir für den Abend auswählen?

Mach mir ein paar Vorschläge.

NP

Von: fabio.colucci@raildesign.it
An: nicola.proietti@ilcorpelospirito.com
Betreff: Re: Re: Nächster Abend in der Osteria in Prati
21. März 2017, 23:58

Ciao, Nicola,
wenn Leute von außerhalb kommen, hätte ich Lust, römische Spezialitäten mit ein paar ausgewählten Weinen zu präsentieren. Ich habe in letzter Zeit die Tonnarelli cacio e pepe mit Artischocken weiterentwickelt, nur als Beispiel. Wenn du mit einer Tour durch die römische Küche einverstanden bist, schicke ich dir einen Menüplan und eine Liste mit Weinen.

F

Von: nicola.proietti@ilcorpelospirito.com
An: fabio.colucci@raildesign.it
Betreff: Re: Re: Re: Nächster Abend in der Osteria in Prati
22. März 2017, 00:00

Fabio, römische Küche ist in Ordnung, aber unter einer Bedingung: nichts mit Innereien, keine Nierchen, keine Kutteln.
NP

Von: fabio.colucci@raildesign.it
An: nicola.proietti@ilcorpoelospirito.com
Betreff: Re: Re: Re: Re: Nächster Abend in der Osteria in Prati
22. März 2017, 00:46

Nicola,
Hirn und Kalbsbries sind aber eine Köstlichkeit! Das sollte bei einem typisch römischen Essen nicht fehlen. Und hier kommt schon das Menü:

Antipasto: Gran fritto alla Romana vegetarisch und mit Fleisch
Wein: Such du einen Franciacorta aus.
Erster Gang: Tonnarelli cacio e pepe mit Artischocken, Hirn und Bries.
Wein: Weißwein Neostòs di Spiriti Ebbri – Cosenza (ich weiß, dass Kalabrien noch keine berühmte Weinregion ist, aber vertrau mir. Oder du probierst ihn morgen und sagst mir, wie du ihn findest).

Als Hauptgang könnte ich Lammbraten mit Kartoffeln aus dem Ofen machen, und dazu gäbe es einen Merlot. Montiano vielleicht?

F

Fabio an Guendalina
Es ist so weit, Guenda, ich hoffe, du bist nun endlich zufrieden.
20:03

Guendalina an Fabio
Zufrieden? Weshalb?
20:04

Fabio an Guendalina
Ich fahre nach Mailand. Ich treffe Francesca und sage es ihr. Dass ich ein Mann bin, genauer gesagt, dass Maria ein Mann ist. Und dass ich Maria bin.
20:05

Guendalina an Fabio
Du weißt, was dann passieren wird. Bist du darauf vorbereitet?
20:06

Fabio an Guendalina
Was soll schon groß passieren? Vielleicht wird sie erst ein bisschen sauer sein, aber ich habe mir schon überlegt, was ich sagen werde. Sie wird mir die Sache nicht allzu übelnehmen. Wir sind schließlich Freundinnen.
20:08

Guendalina an Fabio
Freundinnen? Wenn ich Francesca wäre, ich würde dich fertigmachen, du musst mit allem rechnen, auch mit dem, was du dir nicht vorstellen kannst. Es könnte sein, dass sie nichts

mehr mit dir zu tun haben will. Aber das wäre ja auch nicht so schlimm, du bist ja nicht unsterblich in sie verliebt, nicht wahr?
20:10

Fabio an Guendalina
Nein, nein, keine Sorge. Wir sind doch nur gute Freundinnen (hahaha). Aber nach all diesen Nachrichten und Mails, nach allem, was wir uns schon geschrieben und anvertraut und miteinander geteilt haben, wäre es schon hart für mich, wenn es vorbei wäre.
20:11

Guendalina an Fabio
Hört! Hört! Du sprichst jetzt aber nicht von den Kochrezepten, oder?
20:12

Fabio an Guendalina
Nein, nicht nur.
20:13

Guendalina an Fabio
Siehst du. Und deswegen solltest du dir gut überlegen, was du sagst, Dummkopf. Also ich habe kein gutes Gefühl. Ganz im Gegenteil.
20:14

Fabio an Guendalina
Danke. Du bist immer so aufbauend. Es tröstet mich zu wissen, dass du auf meiner Seite bist.
20:15

Von: mariacolucci@hotmail.com
An: f.frigerio@beniculturali.it
Betreff: Mailand
27. März 2017, 8:30

Liebe Francesca,
ich hoffe, wir schaffen es, uns morgen wieder zu treffen, diesmal in deiner Stadt. Ich sage, dass ich es hoffe, weil mein Tag morgen leider total vollgestopft ist. Tausend Termine fernab vom Zentrum, und wie ich schon sagte, muss ich abends den Zug nach Hause unbedingt erwischen. Ich sage das nur, damit du nicht enttäuscht bist, falls wir uns am Ende doch nicht sehen können. Ich werde jedenfalls alles tun, damit es klappt. Die Idee, bei dir zu Hause Abend zu essen, finde ich sehr schön, aber dieses Mal geht es leider nicht. Wie schade! Ich schicke dir morgen eine Nachricht aus Mailand, sobald ich weiß, wann ich mich dort ausklinken kann.

Hoffentlich bis morgen also!

Deine Maria

Von: f.frigerio@beniculturali.it
An: mariacolucci@hotmail.com
Betreff: Re: Mailand
27. März 2017, 9:15

Liebe Maria,
ich halte mich auf jeden Fall bereit. Das wäre ja noch schöner, wenn ich mir diese Zeit nicht nehmen würde. Es ist aber auch

kein Drama, wenn wir uns nicht sehen können, ich bin ja bald wieder in Rom.

Etwas für dich zu kochen – oder vielleicht sogar mit dir gemeinsam ein Essen zuzubereiten, stelle ich mir ganz wunderbar vor. Früher oder später werden wir das tun, da bin ich mir sicher.

Ich warte morgen auf ein Zeichen von dir.

Hoffentlich bis morgen, sage auch ich!

Deine Francesca

Maria an Francesca
Ich bin noch immer in meiner Besprechung. Sieht nicht gut aus für unseren Kaffee.
13:48

Francesca an Maria
Keine Sorge, ich bin ja hier. Sag mir einfach, wann du fährst, wir können uns auch am Bahnhof treffen. Es gibt da eine nette Espresso-Bar, in der man sich auch hinsetzen kann.
13:50

Maria an Francesca
Francesca, ich sitze im Taxi und fahre zum Hauptbahnhof. Mein Zug geht in zwanzig Minuten, verdammter Mist!
16:46

Francesca an Maria
Maria! Hättest du es mir nur ein bisschen früher gesagt, wäre ich auch schon losgefahren. Jetzt schaffe ich es nicht mehr, wie schade!
16:48

Maria an Francesca
Du hast recht, aber ich musste mich dermaßen konzentrieren in der Sitzung, dass ich erst jetzt im Taxi dazu gekommen bin. War ein anstrengender Tag, entschuldige bitte.
16:50

Francesca an Maria
Okay, dann gute Reise! Wir hören in den nächsten Tagen voneinander. Ich habe ein nettes Rezept für dich (ich hätte es gemacht, wenn du heute Abend gekommen wärst).
16:52

Maria an Francesca
Ein nettes Rezept? Schick es mir bitte. Dann nehme ich wenigstens ein Mailänder Souvenir nach Rom mit. Ich umarme dich, bin jetzt gerade am Bahnhof angekommen.
16:55

Francesca an Maria
Küsschen. Ich schicke dir später eine Mail.
16:55

Fabio an Guendalina
Bin im Zug, Guenda. Ich hab's doch nicht gemacht.
17:05

Guendalina an Fabio
Ich wusste es! Du bist eben ein Feigling!
17:06

Fabio an Guendalina
Nein, das stimmt nicht! Ich wollte es ihr ja sagen, aber dann dauerte die Besprechung so lange, und ich musste meinen Zug erwischen, und so konnten wir uns nicht mehr sehen. Es war einfach zu stressig, verstehst du?
17:07

Guendalina an Fabio
Ich hatte dich gewarnt. Bei so was kannst du nicht improvisieren wie sonst immer!
17:08

Fabio an Guendalina
Ich improvisiere nicht, ich bin Ingenieur. Bitte keine Vorwürfe jetzt! Ich komme um 20:05 Uhr in Termini an. Komm und hol mich ab, dann lade ich dich zum Essen nach Hause ein, und wir können reden.
17:10

Guendalina an Fabio
Es gibt auch Taxis. Außerdem kann ich nicht zu dir zum Essen kommen, weil ich eine richtige Einladung ins Restaurant habe. Ich habe auch keine Lust auf Diskussionen mit einem Freund, der in einer pseudo-geschlechtlichen Identitätskrise steckt.
17:12

Fabio an Guendalina
Lass mich raten: der langweilige Steuerberater mit den verborgenen Talenten?
17:13

Guendalina an Fabio
Er ist kein bisschen langweilig. Er ist ein Gentleman, und er will mit mir ausgehen, weil er meine Gesellschaft schätzt, und nicht, um mit mir über selbst gemachte Beziehungsprobleme zu reden oder um mich als Versuchskaninchen für irgendwelche kulinarischen Experimente zu missbrauchen.
17:15

Fabio an Guendalina
Das ist unfair, Guenda. Ich bin dein Freund, und Freunde sind auch dazu da, sich gegenseitig zu trösten. Und was das Essen angeht, hattest du bislang wahrlich keinen Grund zur Klage …
17:27

Guendalina an Fabio
Okay, mit dem Essen hast du recht. Aber nenn meinen Steuerberater nicht mehr langweilig.
17:18

Fabio an Guendalina
So weit sind wir schon? »Dein« Steuerberater? Wird der Tag kommen, an dem du die Leute vom Steuerwesen verteidigst?
17:20

Guendalina an Fabio
Komm, es ist nur ein Abendessen. Wir gehen ins Bistro 948. Und morgen, wenn ich gut aufgelegt bin, können wir auch gerne über deine Signora aus Mailand reden.
17:21

Fabio an Guendalina
Bistro 948, nicht schlecht! Ich hoffe, er kann es absetzen. Für zwei Personen zahlt man in diesem vornehmen Schuppen locker 400 Euro. Da musst du ja besonders nett zu ihm sein.
17:26

Guendalina an Fabio
Sagte ich nicht, er ist ein Gentleman? Er hat mich in ein edles Restaurant eigeladen, anders als du. Und ja, ich werde nett zu ihm sein, aber nicht so, wie du es dir vorstellst. So einfach funktioniert das nämlich nicht. Es gibt keine Gleichung: Hohe Rechnung = Große Dankbarkeit. Ich klopfe ihm doch nicht auf die Schulter, wenn er mit mir Pizza essen geht, und

gehe mit ihm ins Bett, weil er mich ins Bistro 948 einlädt. Du bist ganz schön fies.
17:30

Fabio an Guendalina
Klar, Guenda. Du würdest auch nach einem Essen in einer Autobahnraststätte mit jemandem ins Bett gehen. Ich bin nicht fies, sondern nur vorausschauend und ehrlich. Aber gut, warten wir bis morgen, dann reden wir. Aber bitte, lass mich nicht gerade jetzt hängen!
17:32

Guendalina an Fabio
Okay, du Idiot! Bis morgen.
17:32

Von: f.frigerio@beniculturali.it
An: mariacolucci@hotmail.com
Betreff: Aus Mailand mit Liebe
28. März 2017, 20:45

Liebe Maria,
ich glaube, in diesem Moment kommst du gerade zu Hause an. Es tut mir sehr leid, dass wir uns nicht mehr treffen konnten, aber manchmal schafft man es eben nicht. Wie versprochen, schicke ich dir hier das Rezept, das ich gekocht hätte, wenn du die Zeit gehabt hättest, zu uns zum Essen zu kommen. (Es hätte sicher auch noch andere Sachen gegeben, ich übertreibe immer ein bisschen, wenn Gäste kommen). Du kannst es ja ausprobieren, wenn du wieder bei dir zu Hause bist, es ist sehr einfach. Tintenfisch mit Mangold, eigentlich ein Arme-Leute-Gericht aus Ligurien mit Fisch und Gemüse (Spinat oder Mangold, ich bevorzuge Mangold). Es gibt auch eine Variante nur mit Gemüse, eine Kichererbsensuppe mit Mangold.

Hier ist es: Für vier Personen brauchst du ungefähr ein Kilo Tintenfisch (mindestens 700 g). Säubere ihn und schneide ihn in größere Stücke. Lass den Mangold (ungefähr ein halbes Kilo) in wenig Salzwasser kochen. Wenn er gar ist, schneide auch ihn in größere Stücke. Brate Zwiebeln, Knoblauch, eine Karotte, Sellerie und ein wenig Petersilie und Peperoni in Öl an und gib den Tintenfisch dazu. Mit Weißwein ablöschen. Dann lass alles bei zugedecktem Topf ca. fünf Minuten köcheln. Füge Tomatensauce hinzu (gibt es auch aus der Dose, ca. 450 g), Gewürze und den Mangold. Eine Prise Salz, ein bisschen Pfeffer, und lass dann alles in einer zugedeckten Pfanne etwa eine halbe Stunde köcheln.

Du kannst es mit Croutons oder ohne essen, in jedem Fall schmeckt es sehr gut.

Ciao, Maria, und hoffentlich bis bald!

Francesca

Fritto alla romana

Frittiertes auf römische Art

Von: mariacolucci@hotmail.com
An: f.frigerio@beniculturali.it
Betreff: Damit du mir verzeihst, hier ein Fritto-Rezept!
31. März 2017, 22:00

Vor geraumer Zeit hatte ich einmal einen sehr eifersüchtigen Verlobten, der gerne aß und besonders die römische Küche liebte. Oma Wanda lud uns, ihn, mich und ein paar Freunde, zu sich nach Hause zum Essen ein. Wir sollten Fritto alla romana kennenlernen.

Ich habe es nie geschafft, eine so göttliche Melange verschiedener Zutaten zu zaubern: frittierte Artischocken, Hirn, Kalbsbries, alles knusprig, saftig, triefend vor Fett und voller Geschmack, mit einem kühlen Frascati begossen, der einfach war, aber nach Aprikosen schmeckte. Ein Spektakel, Francesca! Nachdem wir das reichhaltige Mahl verzehrt hatten, sagte meine Oma, das sei nur die Vorspeise gewesen, und brachte Rigatoni mit Pajata, also Milchlammdarm in Tomatensauce, und passierten Chicorée mit ein paar Würstchen drin (»Nur zwei kleine Salsiccia, sonst wäre der Chicorée zu allein gewesen«, sagte sie).

Wenn du Fritto alla romana machen willst, brauchst du unbedingt Hirn, Kalbsbries und Artischocken. Sie bilden die Grundlage des Gerichts. Du kannst Zucchini dazutun, Auberginen und vielleicht in Scheiben geschnittene Äpfel, aber auf die drei oben genannten Zutaten kann man nicht verzichten, sonst ist es kein Fritto alla romana.

Ich weiß, dass die Vorstellung, Lammhirn zu essen, für manche Menschen befremdlich ist, und ich weiß nicht, wie viele

Leute in Mailand bereit wären, das zu tun. Auch Kalbsbries ist eine Herausforderung, und viele lehnen es ab, ohne es je probiert zu haben. Aber lass mich fortfahren.

Denk über eine Idee nach, die mir wichtig ist: Alle Teile eines Tiers zu essen, hat für mich einen gewissen ethischen Wert, es zeugt von Achtung vor dem Tier und von ökologischem Bewusstsein.

Heutzutage ist es gar nicht einfach, Hirn oder Bries zu finden, weil die Metzger diese Teile nicht anbieten, und ich frage mich, was sie mit diesen Gottesgaben machen, dem Gedärm, dem Hirn, dem Bries, den Nieren …

Obwohl ich kein Freund von Ideologien bin, bin ich doch für eine bewusste Küche, für ökonomische und ökologische Rücksichtnahme. Deswegen verwende ich auch gerne Reste. Ich glaube, an diesem Punkt sind wir einer Meinung: Ich nutze genau wie du alles, ich friere gern Suppen ein, verwende trockenes Brot als Croutons, lege Parmesanrinden in die Minestrone …

Hier endet meine kleine Rede. Kommen wir zurück zum Rezept.

Das Hirn: Zuerst musst du es für ein paar Minuten in kochendes Wasser legen. Wenn du siehst, dass die Äderchen, die vorher rot waren, schwarz geworden sind, nimm es heraus, aber sei vorsichtig, weil es leicht zerfällt. Dann trennst du die rechte von der linken Hirnhälfte und kochst noch einmal beide Hälften auf dieselbe Art – es hat übrigens noch nie jemand einen Unterschied zwischen den beiden Hirnhälften geschmeckt, obwohl wir doch wissen, dass sie so verschiedene Funktionen haben. (Hahaha!)

Kalbsbries: Man muss es gut abspülen, um eventuelle Blutgerinnsel zu entfernen. Viele meinen, es müsse in Wasser und Essig gekocht werden, aber Oma Wanda ist nicht dieser Meinung, also tu es auch nicht.

Das Öl: Hier gibt es hunderttausend Theorien. Manche meinen, man solle unbedingt Olivenöl nehmen, andere schwören auf Erdnussöl, und sie alle meinen, sie hätten recht. Ich sage dir in aller Bescheidenheit, dass ich Sonnenblumenöl verwende, weil es nicht so schnell verbrennt, und ich alles bei 180 Grad frittiere. Olivenöl finde ich etwas zu schwer. Erdnussöl fängt schon unter 180 Grad an, zu qualmen. Ich rate davon ab, weil das Frittierte bei niedrigeren Temperaturen zu weich wird und sich mit dem Öl vollsaugt.

Nimm eine Schale, schlag ein Ei hinein und gib Mehl auf einen Teller. Wälz eine Hälfte des Hirns erst im Mehl, dann im Ei und gib es zum Schluss in die genau (!) 180 Grad heiße Fritteuse. Für wie lange? Das Hirn braucht eine Weile, um gar zu werden. Man erkennt es an der Farbe, es muss goldbraun sein, nicht zu dunkel. Wie immer beim Frittieren gilt die Regel Nr. 1 von Oma Wanda: »Bleib dabei!« Man muss am Herd bleiben und gut aufpassen, die Temperatur überprüfen, auf die Farbe achten.

Frittiertes Hirn ist nicht einfach zu handhaben, weil die Oberfläche abkühlt und lauwarm wird, während das weiche, sehr gute Nervengewebe, das im Mund zerschmilzt, noch wie feuriges Magma ist. Also frittier zuerst das Hirn, danach das Bries.

Das Bries teilst du in kleinere Stücke, dann bereite es zu wie das Hirn.

Die Artischocken gut säubern, alle harten Blätter entfernen (keine Angst, du könntest zu viele entfernen), dann paniere und frittiere sie wie das Hirn und das Bries, wobei du sie ein bisschen länger im Ei liegen lässt.

Meiner Meinung nach ist das Fritto alla romana hiermit fertig. Wie ich schon sagte, kann man auch noch panierte Zucchini und Auberginen nehmen, das muss aber nicht sein. Das Gericht ist perfekt: Die Fleischteile sind fett und haben einen zarten Geschmack, der, wie ich finde, sehr gut zu dem leicht bitteren und krautartigen der Artischocken passt.

Wenn es deinen Mailänder Freunden gelingt, ihre Vorurteile gegenüber Innereien – die in Wahrheit genauso gut sind wie der Rest eines Tiers – zu überwinden, kannst du ihnen hiermit ein schönes, schmackhaftes und außergewöhnliches Abendessen bieten.

Man kann daraus natürlich auch ein Ein-Gang-Gericht machen, dann brauchst du danach keine Rigatoni mit Pajata oder etwas anderes zu servieren. Ich habe noch nie Kalbs-Pajata gemacht, aber wenn du es irgendwann mal ausprobieren willst, sprechen wir über Lamm-Pajata, njam!

Ciao, Francesca, es tut mir so leid, dass wir uns nicht gesehen haben in Mailand. Es war einfach zu knapp. Leider fürchte ich, dass ich auch nicht da sein werde, wenn du nach Rom kommst, aber wir finden sicher noch andere Gelegenheiten für ein Treffen.

Maria

Francesca an Carlo
Ciao, Liebling, ich bin gut in Rom angekommen! Ist zu Hause alles in Ordnung? Habt ihr die Pansotti mit Walnusssauce gegessen?
22:48

Carlo an Francesca
Freut mich! Ja, ich hatte gehofft, es würde noch etwas für morgen übrigbleiben, aber Luz ist vorbeigekommen und hat alles aufgegessen.
22:49

Francesca an Carlo
Hahaha! Du weißt doch, dass sie ganz wild auf Walnusssauce ist. Da kann sie sich nicht zurückhalten.
22:50

Carlo an Francesca
Luz hält sich bei gar nichts zurück. Und ich spreche nicht nur vom Essen.
22:51

Francesca an Carlo
Sei nicht so gemein. Ich mag sie gern, und sie mag uns alle. Sie ist vorbeigekommen, weil ich sie gebeten hatte, ein Auge auf die Kinder zu werfen. Ich dachte, du würdest dich vielleicht verspäten.
22:53

Carlo an Francesca
Jaja. Sie hat aber gesehen, dass ich da war, und kaum hatte ich die Pasta abgegossen, da hat sie sich einen Teller geholt und sich zu uns gesetzt. Sie sagt, sie gehört zur Familie.
22:54

Francesca an Carlo
Genauso ist es. Manchmal wüsste ich nicht, was ich ohne sie machen soll. Schlafen die Kinder? Sind sie friedlich?
22:55

Carlo an Francesca
Ja, wie kleine Engel. Geh du auch schlafen, morgen hast du sicher einen langen Tag. Küsschen! Ich ruf dich an, wenn ich wach bin.
22:57

Francesca an Carlo
Gute Nacht, träum schön.
22:58

Luz an Francesca
Ich war gestern Abend bei euch. Carlo war so nett, mich zum Essen einzuladen.
22:58

Francesca an Luz
Tatsächlich?
22:59

Luz an Francesca
Er hatte mir sogar Pasta mit Walnusssauce übriggelassen. Du weißt ja, wie gerne ich die esse!
23:00

Francesca an Luz
Ich weiß. Kannst du die Sauce inzwischen? Ich hatte dir doch mal erklärt, wie man die macht.
23:01

Luz an Francesca
Ehrlich gesagt hab ich das Rezept gleich wieder vergessen.
23:02

Francesca an Luz
Wie kann man das nur vergessen? Es ist doch so einfach! Du musst nur Nüsse (ohne Schale natürlich), in Milch eingeweichtes und dann ausgedrücktes Brot und etwas Knoblauch anbraten und fertig. Du kannst die Sauce auch zu Ravioli aus dem Supermarkt machen, es müssen nicht unbedingt Pansoti

sein (obwohl die viel, viel besser sind, weil mit Boretsch gefüllt).
23:05

Luz an Francesca
Ich schreibe mir das Rezept gleich auf und mache es, wenn du das nächste Mal kommst. Okay?
23:06

Francesca an Luz
Sehr gut! Ich bin schon müde und gehe jetzt schlafen. Morgen habe ich den ganzen Tag Seminar.
23:07

Luz an Francesca
Gute Nacht! Vergiss nicht, dich auch ein bisschen zu amüsieren. Sei nicht so eine Streberin. Wenn du nichts Besseres zu tun hast, ruf doch diese Maria an, die du so nett findest.
23:09

Francesca an Luz
Das mach ich bestimmt, ich glaube aber, sie ist gerade nicht in Rom, sie hat so was angedeutet. Und du sei nicht eifersüchtig! Ich habe dich sehr gern, weißt du. Zum Amüsieren habe ich kaum Zeit. Die Stiftung hat für uns Abendessen und Cocktails organisiert. Am letzten Abend gibt es sogar ein Menü mit Weinverkostung. Stell dir vor!
23:11

Luz an Francesca
Das wird sicher ganz wunderbar, aber versuch diese Tage ohne Mann, Kinder und deine normale Arbeit auch mal ein bisschen für dich zu nutzen. Du bist in Rom, meine Liebe! Denk nicht nur an dein Seminar, sondern auch mal an dich! Ich könnte dir sagen, wie man das macht …
23:12

Francesca an Luz
Alles klar, ich tue, was ich kann, versprochen. Aber jetzt muss ich ins Bett. Bis morgen!
23:15

Von: Nicola.proietti@ilcorpoelospirito.com
An: fabio.colucci@raildesign.it
Betreff: Letzte Abstimmung
23. April 2017, 9:45

Guten Tag, Küchenchef,
ich vertraue dir, Bries und Hirn gehen in Ordnung. Da einige sich dem aber bestimmt verweigern werden, kann man doch sicher noch für andere Proteinquellen sorgen, oder? Was hältst du von Stockfischfilets? Sag mir noch, was genau du mit dem Fritto geplant hast, dann geben wir dem Menü einen Namen und dem Abend ein schönes Motto.

Nicola

Von: fabio.colucci@raildesign.it
An: nicola.proietti@ilcorpoelospirito.com
Betreff: Re: Letzte Abstimmung
23. April 2017, 12:49

Ciao, Nicola,
ich freue mich, dass du den Mut hast, den Leuten Hirn und Bries zu servieren! Du hast aber auch recht damit, dass das ein bisschen riskant ist. Einige Gäste werden begeistert sein, andere werden es nicht anrühren. Deshalb machen wir auch noch die Stockfischfilets. Was den Wein betrifft, würde ich vorschlagen, dass wir ganz klassisch kombinieren und einen Pinot noir servieren, der passt sowohl zum Fisch als auch zum Hirn. In der Küche werden wir zwei Fritteusen brauchen, denn für den

Baccalà verwende ich anderes Öl, aber das ist kein Problem. Ich hatte die Idee, zwei riesige Pyramiden anzurichten, bei beiden soll Gemüse die unteren Schichten bilden: Auberginen in Scheiben, Zucchini in feinen Streifen, Artischocken in Würfeln (ein Teil der Artischocken wird auch knusprig frittiert).

So mache ich Fritto alla romana: Auberginen und Zucchini werden paniert, hierzu brauche ich ein Ei und 200 g Mehl. Auch die Stockfischfilets werden so paniert. Die gebratenen Artischockenwürfel werden nur mit Mehl bestäubt, die Artischockenscheiben mache ich wie die Zucchini nach der klassischen Fritto-alla-romana-Art, erst in Mehl gewälzt, dann im Ei gebadet.

Das Gleiche gilt für Hirn und Bries.

Das Menü sieht folgendermaßen aus:

Vorspeise: Fritto alla romana in zwei Varianten (Pyramide Gemüse, Hirn, Bries/Pyramide Gemüse, Baccalà).

Zum Trinken dachte ich an Franciaforte und Pinot noir, von welchem Winzer, das entscheidest du.

Erster Gang: Tonnarelli cacio e pepe mit Artischocken.

Wein: Ich empfehle einen weißen Neostos von Spiriti Ebbri.

Zweiter Gang: Lammbraten aus dem Holzofen an Kartoffeln.

Wein: rot, Montiano di Falesco, du weißt, das ist ein Merlot aus Latium, aber es geht auch irgendein Bordeaux, ein Cabernet Sauvignon oder ein Sangiovese. Hauptsache kein Brunello di Montalcino, den halte ich für zu kräftig.

Da es sich um ein sehr reichhaltiges römisches Gericht handelt, müssen die Portionen nicht riesengroß sein.

Einverstanden, Nicola?

Fabio

Von: nicola.proietti@ilcorpoelospirito.com
An: fabio.colucci@raildesign.it
Betreff: Re: Re: Letzte Abstimmung
24. April 2017, 9:03

Gut, Fabio, ich bin einverstanden.
Die Einkäufe mache ich. Die Räumlichkeiten kennst du ja und weißt, wie hier alles funktioniert: Die Küche ist wie in einer Kochschule, die Öfen und der Herd sind vom Saal aus zu sehen. Du kannst also mit den Gästen reden und erzählen, wie es in der Küche vorangeht. Vielleicht sagst du etwas zu dem Fritto, bevor du servierst, dann erklärst du, während du sie anrichtest, etwas zu den Tonnarelli. Zum Lamm musst du nicht viel sagen, es reicht ein Hinweis darauf, wie du es brätst.

Bis später, ciao
Nicola

Francesca an Luz
Luz! Maria ist ein Mann!!!
23:45

Luz an Francesca
Wie? Was redest du da? Das kann nicht sein!
23:46

Francesca an Luz
Ich habe es heute Abend herausgefunden. In dem Restaurant, in dem die Weinverkostung und das Essen stattgefunden haben.
23:47

Luz an Francesca
Bist du sicher? Wer hat dir das gesagt?
12:48

Francesca an Luz
Niemand. Sie war da, oder besser gesagt, ER. Er war der Koch.
23:49

Luz an Francesca
Bildest du dir das nicht nur ein? Wie willst du das so genau wissen?
23:50

Francesca an Luz
Glaub mir, er ist Maria! Er machte ein Fritto alla romana genau wie in dem Rezept, das Maria mir letzte Woche geschickt hat, und ich Idiotin habe erst noch gedacht: »Was für ein Zufall!« Ich war schon drauf und dran, Maria eine Whatsapp zu schicken.
23:51

Luz an Francesca
Und dann?
23:51

Francesca an Luz
Dann ging es mit Cacio e pepe weiter und dieser Koch gab seine Theorien übers Kochen zum Besten. Bis zu einem gewissen Punkt bin ich seinen Ausführungen gefolgt, ohne etwas zu kapieren. Du weißt ja, wie sehr ich es hasse, wenn Männer sich am Herd aufspielen wie die Pfauen. Aber er machte seine Sache wirklich gut, und da habe ich ganz aufmerksam zugehört.
23:52

Luz an Francesca
Und dann?
23:52

Francesca an Luz
Und dann, bam!, sagt er plötzlich etwas, was mir Maria in einer Mail geschrieben hat, und zwar wortwörtlich: Er zitierte einen Satz, den seine Oma Wanda immer gesagt hat – stell dir

das mal vor! Und da wusste ich es. Ich meine, wie wahrscheinlich ist es, dass der Koch genau wie Maria eine Oma Wanda hat, die dann auch noch dasselbe gesagt haben soll? Solche Zufälle gibt's einfach nicht.
23:53

Luz an Francesca
Das ist ja ein starkes Stück! Was für ein Trottel! Und was hast du dann gemacht?
23:53

Francesca an Luz
Nichts, ich stand wie unter Schock.
23:54

Luz an Francesca
Hast du ihm wenigstens eine geknallt? Das hätte ich gemacht!
23:54

Francesca an Luz
Nein, ich mache nicht gern Szenen. Ich habe gewartet, bis er fertig serviert hatte, dann bin ich vom Tisch aufgestanden und zu ihm hingegangen, habe ihm direkt in die Augen gesehen und gesagt: »Mein Kompliment, Herr Koch! Das war großartig. Eins möchte ich aber doch gern wissen: Heißen in Rom alle Omas Wanda?« Da hat er es geschnallt.
23:56

Luz an Francesca
Und dann?
23:56

Francesca an Luz
Und nichts dann. Ich habe mir ein Taxi gerufen und bin weggefahren. Jetzt bin ich wieder im Hotel und weiß nicht, ob ich wütend sein oder mich einfach nur verarscht fühlen soll. Dieser Typ ist echt das Letzte!
23:58

Luz an Francesca
Das kann ich sehr gut verstehen! Was ist das nur für ein Idiot? Hat er wirklich geglaubt, dass du sein Spielchen nicht irgendwann durchschauen würdest? Ein Glück, dass du es rechtzeitig herausgefunden hast. Aber darf ich dich noch etwas fragen?
00:00

Francesca an Luz
Ja, schieß los. Dann gehe ich ins Bett, ich bin wie zerschlagen.
00:02

Luz an Francesca
Wie war er denn so … als Mann, meine ich … Sah er gut aus?
00:03

Francesca an Luz
Du bist wirklich unverbesserlich, Luz! Wie kannst du an so was denken, nach dem, was er mir angetan hat? Aber bitte, bevor du vor Neugier platzt: Ja, er sieht gut aus, ein bisschen zerknittert, als sei er gerade aus dem Bett gekommen. Groß, graumeliertes Haar, grüne Augen. Ein attraktiver Mann, ohne Zweifel.
00:04

Luz an Francesca
Na, immerhin ist dir das aufgefallen. Aber schlag ihn dir besser aus dem Kopf, Francesca! Der ist ein Stalker und vielleicht gefährlich.
00:05

Francesca an Luz
Hallo? Was denkst du denn? Gute Nacht.
00:07

Luz an Francesca
Warte mal … Aber wer war denn dann die blonde Frau, die du in Rom getroffen hast?
00:09

Francesca an Luz
Woher soll ich das wissen? Gute Nacht.
00:09

Fabio an Guendalina
Guenda! Du ahnst nicht, was gestern Abend passiert ist. Ich bin aufgeflogen! Francesca hat alles herausgefunden! Sie weiß jetzt, wer ich bin! So ein verdammter Mist!
11:02

Guendalina an Fabio
Oh nein! Das ist ja schrecklich! Wie hat sie es denn herausgefunden?
11:03

Fabio an Guendalina
Es war einfach ungeheures Pech! Da war doch diese Gruppe von Akademikern, für die ich in der Osteria in Prati gekocht habe, erinnerst du dich? Diese Seminarleute von der Stiftung. Und sie gehörte dazu.
11:04

Guendalina an Fabio
Was?! Das gibt's ja nicht!
11:05

Fabio an Guendalina
Doch! Du weißt doch, dass ich meinen Auftritt als Koch in der Osteria hatte. Ich sollte ja nicht nur kochen, sondern den Gästen auch eine kleine Show bieten. Also habe ich übers Kochen geredet, über meine Philosophie. Die natürlich dieselbe ist wie die von Maria. Ich habe auch erzählt, dass ich eigentlich Ingenieur bin und für das Transportwesen arbeite.

Bis dahin ging alles noch gut – ich meine, es gibt Millionen von Ingenieuren auf der Welt, und einige von denen sind vielleicht sogar leidenschaftliche Köche. Doch dann habe ich dummerweise eine goldene Regel von meiner Oma Wanda zum Besten gegeben, weil die immer so gut ankommt. Und damit habe ich mich verraten. Meine Güte, ich konnte doch nicht wissen, dass sie direkt vor mir sitzt.
11:08

Guendalina an Fabio
Oh mein Gott! Und wie hat sie reagiert?
11:10

Fabio an Guendalina
Ich hatte gerade die Tonnarelli aufgetragen und wollte wieder zurück in die Küche, da kam plötzlich eine äußerst attraktive Frau auf mich zu. Sie starrte mich nur an und sagte dann ohne auch nur den Anflug eines Lächelns: »Mein Kompliment, Herr Koch! Das war großartig. Eins möchte ich aber doch gern wissen: Heißen in Rom alle Omas Wanda?« Ich stand da wie versteinert. Und dann hielt sie mir schweigend ihr Handy entgegen – mit der entsprechenden Whatsapp-Nachricht von mir … also von mir als Maria, meine ich. Es war einfach nur grauenvoll, Guenda. Ich wäre am liebsten im Boden versunken.
11:12

Guendalina an Fabio
Und mehr hat sie nicht gesagt? Sie hat dir nicht mal eine geknallt?
11:13

Fabio an Guendalina
Nein, keine Ohrfeige, aber ihre Stimme war schneidend wie eine Rasierklinge.
11:14

Guendalina an Fabio
Oje! Und weiter?
11:14

Fabio an Guendalina
Nichts. Das ist ja das Schlimme. Sie hat sich einfach umgedreht und ist gegangen. Glaub mir, mir wäre es auch lieber gewesen, sie hätte mir ein Glas Wasser ins Gesicht geschüttet, mir irgendeine Szene gemacht, von mir aus auch eine Ohrfeige verpasst. Alles wäre besser gewesen. Aber sie war eisig. Ich glaube, sie hasst mich. Dabei ist sie genau so, wie ich sie mir vorgestellt habe.
11:16

Guendalina an Fabio
Die Frau hat eben Klasse. Tja, mein Lieber, ich fürchte, bei deiner süßen Köchin hast du für alle Zeiten verschissen.
11:17

Fabio an Guendalina
Danke, Guenda, du findest für jede Situation die richtigen Worte. Aber spotte nur! Ich bin jedenfalls am Ende.
11:18

Guendalina an Fabio
Oh, Mann, Fabio, es tut mir echt leid. Ich will jetzt nicht sagen, ich hatte dich gewarnt. Aber das habe ich wirklich.
11:19

Fabio an Guendalina
Ja, ich weiß. Und was soll ich jetzt machen?
11:20

Guendalina an Fabio
Das Einzige, was du tun kannst und was du gut kannst: Schreib ihr.
11:21

Gianni an Fabio
Wie war dein Abend, Küchenchef?
11:22

Fabio an Gianni
Es war grauenvoll. Ein komplettes Desaster.
11:23

Gianni an Fabio
Wie? Ist dir etwa die Sauce angebrannt?
11:25

Fabio an Gianni
Schlimmer, viel schlimmer.
11:25

Gianni an Fabio
Was redest du da? Was ist denn passiert?
11:26

Fabio an Gianni
Francesca war in der Osteria. Sie gehörte zu der Gruppe, die dort eingeladen war, und hat alles durchschaut. Dass es Maria gar nicht gibt und dass Fabio Maria ist.
11:27

Gianni an Fabio
Oh nein! Was hat sie gesagt? War sie sauer?
11:28

Fabio an Gianni
Sauer ist gar kein Ausdruck. Sie hat es nicht gut aufgenommen. Ich nehme an, dass sie mich aus ihrem Leben herausgeworfen hat.
11:29

Gianni an Fabio
Schade. Aber sicher ist das nicht.
11:30

Fabio an Gianni
Meinst du?
11:31

Gianni an Fabio
Na ja – vor jedem Happy End gibt es doch eine Krise, oder? In allen amerikanischen Komödien ist sie irgendwann wütend auf ihn, weil er gelogen hat, bevor am Ende die Liebe triumphiert.
11:32

Fabio an Gianni
Ah, gut, wenn das in amerikanischen Komödien so ist, kann ich ja ganz beruhigt sein. Danke, Gianni.
11:32

Gianni an Fabio
Warte einfach mal ab und mach dich nicht verrückt. Lass dir was einfallen! Wenn du es schaffst, den Kontakt wiederher-

zustellen, wenn du sie dazu bringst, dir zuzuhören, und ihr die Sache erklärst, kannst du sie vielleicht noch einmal für dich gewinnen. Auch wenn sie wahrscheinlich nicht sofort zu dir ins Bett hüpfen wird …
11:34

Fabio an Gianni
Darum geht's mir doch gar nicht. Ich will nur nicht, dass sie schlecht von mir denkt und das Gefühl hat, ich hätte sie von Anfang an verarscht. Denn das war doch nie meine Absicht. Ich möchte sie einfach nicht verlieren.
11:35

Gianni an Fabio
Moment mal – habe ich dich richtig verstanden? Du *willst* gar nichts von ihr? Sei ehrlich, sieht sie so scheiße aus?
11:36

Fabio an Gianni
Beurteilst du Frauen eigentlich ausschließlich nach ihrem Äußeren? Ich nicht, aber sie sieht auch nicht scheiße aus. Eigentlich ist sie genau mein Typ. Aber als sie gestern Abend so blass und wütend vor mir stand, wurde mir plötzlich klar, was ich angerichtet habe: Sie war so glücklich, in Maria eine Freundin gefunden zu haben, der sie alles anvertrauen kann, und dann muss sie plötzlich entdecken, dass diese Freundin sie von Anfang an belogen hat – und zu allem Überfluss noch ein Mann ist.
11:38

Gianni an Fabio
Dann schreib ihr, und erkläre alles. Sei nett und sag ihr, was du empfindest. Vor allem sei ehrlich. Dann wird das schon wieder.
11:39

Fabio an Gianni
Ich versuche es ja, du klugscheißerischer Cyrano. Ich weiß aber nicht, wie ich anfangen soll.
11:40

Gianni an Fabio
Erstens, ich tue jetzt mal so, als wäre ich nicht beleidigt. Zweitens, du weißt genau, was du schreiben willst, ich kenne dich. Und drittens, wenn sie sich noch mal auf ein Treffen einlässt, versau es nicht! Sobald sie kommt, drückst du sie gegen eine Wand und schiebst ihr die Zunge in den Mund. Alles Weitere wird sich finden.
11:41

Fabio an Gianni
Du bist ein echter Romantiker. Aber du hast noch immer nicht kapiert, was für eine Beziehung ich zu dieser Frau habe. Sie bedeutet mir auch als Mensch etwas, verstehst du? Auch wenn ich jetzt, wo ich sie gesehen habe, nichts lieber täte, als sie zu küssen.
11:42

Gianni an Fabio
Siehst du, jetzt gibst du es selbst zu. Genau das wollte ich hören.
11:43

Von: fabio.colucci@raildesign.it
An: f.frigerio@beniculturali.it
Betreff: Bitte lesen und nicht sofort löschen!
26. April 2017, 8:40

Liebe Francesca,
ich denke, ich schulde dir eine Erklärung für das, was passiert ist. Du fühlst dich betrogen, und das zu Recht. Sicher fragst du dich, warum ich mein Täuschungsmanöver so lange aufrechterhalten habe. Dazu solltest du Folgendes wissen.

Als ich zum ersten Mal die Website @mistressinthekitchen.com besuchte, gab es dort nur Frauen, und mich dort als Mann zu erkennen zu geben war mir äußerst peinlich. Ich hatte Angst, verlacht zu werden, das gebe ich gern zu. Andererseits wollte ich aber teilhaben an diesem wunderbaren Austausch von Ideen und Rezepten. Ich fühlte mich sofort wohl in diesem Kreis der »wahren Köchinnen« – keine abgehobenen Sterneköche, die große Reden schwingen, sondern höchst patente Frauen, die zumeist den ganzen Tag arbeiten und abends auch noch die Energie aufbringen, ihren Familien die köstlichsten Gerichte zu servieren. Ich muss gestehen, dass ich vollkommen fasziniert war – nicht nur von den Rezepten, sondern auch von der Art, wie Frauen sich darüber austauschen. Um von all diesen Köchinnen akzeptiert zu werden und in ihrem Kreis bleiben zu können, schien es mir eine gute Idee, mich selbst auch als Frau auszugeben. Und so habe ich Maria Colucci erfunden. Und bin dir, Francesca, begegnet.

Durch dich habe ich eine völlig neue Art kennengelernt, mit Frauen zu kommunizieren. Ich habe mich darauf eingelassen, und irgendwann konnte nicht mehr darauf verzichten. Und so wurde mit der Zeit aus einer harmlosen Schummelei ein handfester Betrug, in den ich mich immer tiefer verstrickte, bis ich in einem Netz aus Lügen gefangen war, aus dem ich nicht mehr herauskam.

Ich weiß, meine Schuld wiegt schwer. Ich habe dich getäuscht. Und doch bitte ich dich, mir zu glauben, dass unsere so außergewöhnliche Freundschaft für mich in jeder Sekunde ganz wahrhaftig und – ja – irgendwie auch ehrlich war. Das muss in deinen Ohren total unglaubwürdig klingen, aber ich will versuchen, es dir zu erklären. Als Maria habe ich mich ganz frei gefühlt, ich konnte dir gegenüber ganz unbefangen sein. Zum ersten Mal in meinem Leben habe ich mich einer Frau gewidmet, die mir auf Anhieb gefiel, ohne etwas von ihr zu wollen. Es ist wichtig, dass du das weißt, Francesca. Ich habe nichts gesucht und so vieles gefunden, ich interessiere mich für dich, für deine Küche, für alles, was um dich herum geschieht, was du denkst, wie du bist. Bitte glaub mir! Habe ich gelogen? Ja! Und trotzdem: Dir gegenüber konnte ich mich in einer Art äußern, wie ich es sonst nie in meinen Beziehungen getan habe. Ich hatte dir gegenüber ein Gefühl der Freiheit, das ich vorher so nicht kannte, ich hatte diese Illusion, mit dir »als Frau« ehrlicher sein zu können, als ich das als Mann jemals gekonnt hätte – von der falschen Identität einmal abgesehen … Das Wichtigste aber war, dass ich erfahren wollte, was du zu sagen hattest, auch die Dinge, die du normalerweise keinem erzählst – außer deiner Freundin Maria, vielleicht.

Inzwischen sind einige Monate vergangen, wir haben uns zig-mal geschrieben. Ich bin überzeugt, dass auch du das Gefühl hattest, dich frei äußern zu können, vielleicht sogar freier als gegenüber deinen echten Freundinnen, das hast du mir sogar mehrmals geschrieben. Dass ich wie hinter einem Vorhang verborgen war und du glaubtest, es mit einer Frau zu tun zu haben, hat dabei sicher eine entscheidende Rolle gespielt.

Wir beide haben uns auf Anhieb verstanden und alle Barrieren überwunden. Für mich waren es Barrieren, die ich noch nie überwunden habe, das schwöre ich.

Du kannst mich jetzt aus deinem Leben ausradieren, und du hättest allen Grund dazu, denn ich habe dein Vertrauen missbraucht. Aber ich bitte dich, es nicht zu tun. Denn auch wenn ich dir jetzt vielleicht wie ein typischer arroganter, anmaßender Macho erscheine, glaube ich, es wäre fahrlässig, unsere so besondere Beziehung zu beenden. Ich möchte es mir gar nicht erst vorstellen, denn ich kann den Gedanken, dich zu verlieren, kaum ertragen, so viel bedeutest du mir.

Ich habe dich nie umarmt, Francesca, ich tue es jetzt, sehr fest.

Fabio

PS: Auch wenn unsere Kommunikation für immer erlöschen sollte, bitte ich dich, mir doch noch zu sagen, was du von dem Fritto alla romana und dem Cacio e pepe an diesem unglückseligen Abend in der Osteria gehalten hast. Sag es nicht mir, sag es einfach Maria.

Guendalina an Fabio
Hast du ihr geschrieben?
10:00

Fabio an Guendalina
Ja, ich habe ihr einen langen Brief geschrieben.
10:01

Guendalina an Fabio
Und sie?
10:02

Fabio an Guendalina
Ohrenbetäubendes Schweigen. Ich weiß nicht, was ich machen soll. Ich hatte schon überlegt, ihr Blumen ins Büro zu schicken.
10:03

Guendalina an Fabio
Warte noch ein bisschen. Lass ihr Zeit. Vielleicht denkt sie noch nach und antwortet dir später, wenn du Pech hast, hörst du nichts mehr von ihr. In jedem Fall ist die Lage heikel, und du solltest vielleicht nicht zu deutlich zeigen, wie sehr dich diese Sache trifft. Blumen als Entschuldigung finde ich ziemlich banal, das ist ja nun das Erste, was einem einfällt.
10:04

Fabio an Guendalina
Also gut, ich warte. Aber es geht mir nicht gerade gut dabei.
10:05

Guendalina an Fabio
Selber schuld, du Idiot.
10:06

Fabio an Guendalina
Bitte, Guendalina. Ich habe wirklich Angst. Die Beziehung zu Francesca ist wichtiger für mich, als ich dachte. Mir liegt sehr viel an dieser Frau, aber nicht so, wie du und Gianni es euch vorstellt.
10:07

Guendalina an Fabio
Das war mir immer klar, Fabio, und ich habe es dir auch gesagt, nachdem ich sie gesehen hatte, weißt du noch? Aber es war ja deine Sache. Abgesehen davon, ist es doch immer etwas Wunderbares, sich zu verlieben.
10:08

Fabio an Guendalina
Ich bin nicht verliebt.
10:09

Guendalina an Fabio
Nein, ganz bestimmt nicht. Das kannst du deiner Oma Wanda erzählen!
10:10

Francesca an Luz
Luz, er hat mir geschrieben.
11:20

Luz an Francesca
Der Stalker?
11:21

Francesca an Luz
Ja. Irgendwie beeindruckt es mich schon, eine Mail von ihm zu bekommen, die mit Fabio unterschrieben ist.
11:22

Luz an Francesca
Und was sagt er? Dass es ihm leidtut, dass er dich nicht anlügen wollte, dass ihm das Ganze aus der Hand geglitten ist?
11:23

Francesca an Luz
Etwas in der Art.
11:24

Luz an Francesca
Das habe ich mir gedacht. Ich rate dir, lass die Finger von diesem Typ. Ich habe gleich gewusst, dass irgendwas mit dieser Maria nicht stimmt. Es lohnt sich jedenfalls nicht, sich wegen diesem Mistkerl den Kopf zu zerbrechen.
11:25

Francesca an Luz
Ja, sicher … Aber seine Mail … die hat schon was … Etwas, das mir aufrichtig zu sein scheint. Ich weiß nicht, ich war echt super wütend, aber ich habe ihm auch keine Gelegenheit gegeben, die Dinge zu erklären, und was er schreibt, klingt überzeugend …
11:27

Luz an Francesca
Francesca! Vergiss bitte nicht, dass er dich monatelang hat glauben lassen, dass er eine *Frau* ist. Diesem Kerl kannst du nicht trauen!
11:28

Francesca an Luz
Ja, wahrscheinlich hast du recht. Weißt du, was ich mache? Ich leite dir seine Mail mal weiter, dann sagst du mir, was du davon hältst. Ganz offen und ehrlich, wie immer.
11:29

Luz an Francesca
Sehr gut. Dann habe ich auch ein bisschen was davon.
11:30

Zucchine bollite

Gekochte Zucchini

Andrea an Papa
Gehen wir heute Abend ins Tex-Mex? Es ist Freitag.
17:30

Papa an Andrea
Du weißt doch, dass Mama gern selbst ihr Tex-Mex macht. Außerdem wird es bei mir wahrscheinlich später – ich habe noch so viel zu tun.
17:31

Andrea an Papa
Ach, bitte, Papa! Ich kann die gekochten Zucchini und den gedünsteten Fisch einfach nicht mehr sehen! Wäre ja schön, wenn sie mal Tex-Mex machen würde. Man kommt sich schon vor wie im Krankenhaus!
17:32

Papa an Andrea
Mir brauchst du das nicht zu sagen. Ich hasse Zucchini. Mama ist in letzter Zeit nicht gut drauf. Sie hat Ärger im Büro … Ich sehe mal zu, was ich tun kann, ohne dass sie sich gleich vor den Kopf gestoßen fühlt.
17:33

Andrea an Papa
Ich verlasse mich drauf, Papa. Tu es für deine Kinder.
17:34

Von: direzionebibliotecaprotasianabeniculturali.it
An: f.frigerio@beniculturali.it
Betreff: Mehr Mittel für die Mittelalterabteilung
12. Mai 2017, 11:15

Liebe Frau Doktor Frigerio,
Ihre Anfrage bezüglich einer Beförderung, einer möglichen Erhöhung der Mittel für die Mittelalterabteilung der Bibliothek sowie der Schaffung einer neuen Stelle zu Ihrer Unterstützung habe ich zur Kenntnis genommen. Sie weisen darauf hin, dass Sie seit Jahren ohne adäquate Bezahlung in einer Position tätig sind, die Ihrer Qualifikation nicht gerecht wird. Glauben Sie mir bitte, wenn ich Ihnen versichere, dass die Direktion Ihre Arbeit und auch Sie selbst sehr schätzt, aber eine Beförderung oder die Bereitstellung weiterer Gelder in einer jahrhundertealten Institution wie der unseren durchzusetzen, ist in diesen Zeiten sehr schwierig, und ich möchte Ihnen keine Versprechungen machen, die ich am Ende nicht halten kann.

Ich bitte Sie also sehr herzlich um Geduld und ich hoffe, dass Sie Ihre Arbeit in gewohnter Qualität fortsetzen. Sicherlich wird sich demnächst eine Möglichkeit bei uns im Haus ergeben, und wenn dem so ist, stehen Sie ganz oben auf unserer Liste.

Für den Moment kann ich Ihnen nur einen schönen Tag wünschen und Ihnen noch einmal sagen, wie sehr ich Sie schätze.

Mit den besten Grüßen
Renato Bianchi

Direktor der Biblioteca Protasiana
Mailand

Von: f.frigerio@beniculturali.it
An: carlo.maffei@internationalpartners.com
Betreff: Eine echte Schweinerei
12. Mai 2017, 14:00

Hallo Carlo,
ich leite dir hier die Mail meines Direktors weiter – seine Antwort auf meine Bitte, mir einen Assistenten zur Verfügung zu stellen, etwas mehr Geld für die Forschung lockerzumachen und mich auf eine höhere Gehaltsstufe zu setzen, da ich seit zwei Jahren eine wichtige Abteilung der Bibliothek leite, und zwar ohne irgendeine Anerkennung, weder finanziell noch in der akademischen Einstufung.

Lies es bitte, und sag mir, ob ich mir zu viel herausnehme (das glaube ich allerdings nicht) oder ob das einfach nur eine Frechheit ist: Eine brillante Forscherin mit einem Teilzeitvertrag, die doppelt so viel arbeitet wie alle, die Vollzeit arbeiten, aber die Hälfte verdient, die alle Probleme löst und die gesamte Verantwortung trägt, wird mit einem Schulterklopfen und der Erklärung, wie sehr man sie schätze (kostet ja auch nichts), abgespeist. Und dann noch die übliche Formulierung: Ich würde ja gern, aber die Zeiten sind schwierig, die Modalitäten aufwändig, bla, bla, bla …

Ich weiß nicht, ob ich gleich vor Wut platze oder in eine Depression verfalle. Ich brauche deinen unverstellten Blick – den Blick eines *homo oeconomicus*.

Deine F.

Von: carlo.maffei@internationalpartners.com
An: f.frigerio@beniculturali.it
Betreff: Re: Eine echte Schweinerei
12. Mai 2017, 17:00

Liebling,
bezieh das nicht auf dich, du bist brillant, in dem, was du tust – und das wissen die genau, aber du weißt ja, wie es bei solchen Dingen ist, vor allem im öffentlichen Sektor. Da braucht man Geduld (da hat dein Chef recht), ein bisschen Glück und – das füge ich hinzu – das sichere Auftreten einer exzellenten Arbeitskraft, wie du eine bist. Aber was bringen dir ein paar Euro mehr, die wir nicht brauchen, solange du die Anerkennung international wichtiger Einrichtungen genießt und die Autoren, mit denen du zusammenarbeitest, dich lieben? (Denk doch nur mal an den Typ, mit dem du Anfang des Jahres diese Lesung gemacht hast – war der nicht total begeistert?) Ich verstehe deine Enttäuschung und Unzufriedenheit (deshalb bist du wohl in letzter Zeit auch oft so niedergeschlagen und aufbrausend, oder?), aber du leistest großartige Arbeit, und ich bin sicher, dass du bald die Anerkennung dafür bekommst, die dir zusteht.

Weißt du, was wir machen, damit du wieder gute Laune kriegst? Heute Abend gehen wir alle ins Tex-Mex, dann brauchst du nicht zu kochen.

Küsse
Carlo

Papa an Andrea
Ich hab's geschafft. Heute Abend essen wir etwas richtig Gutes.
17:30

Gianni an Fabio
Was machst du heute Abend? Gehst du mit mir ins Kino oder kochst du schon wieder?
19:02

Fabio an Gianni
In der Tat habe gerade eine Minestrone aufgesetzt, aber wenn die fertig ist, könnte ich mitkommen …
19:04

Gianni an Fabio
Das kann ja noch ewig dauern. Wenn du noch kochen musst, gehen wir lieber morgen ins Kino.
19:05

Fabio an Gianni
Ich brauche zehn Minuten. Ist nur eine Tütensuppe, und ich habe schon alles drin, sogar die vorgekochten Graupen.
19:06

Gianni an Fabio
Ach, und ich dachte, du wüsstest gar nicht, dass es so was gibt.
19:07

Fabio an Gianni
Natürlich weiß ich das. Zugegebenermaßen ist es sehr praktisch. In letzter Zeit bin ich gar nicht mehr richtig zum Kochen gekommen.
19:08

Gianni an Fabio
Wie das? Habe ich was verpasst? Du kommst nicht zum Kochen und gehst auch nicht aus – irgendwas scheint dich ans Haus zu fesseln. Lass mich raten: Ist es die Frau, die ich dir letzte Woche vorgestellt habe? Bringst du ihr gerade bei, wie man Spaghetti vongole macht? Sei ehrlich!
19:09

Fabio an Gianni
So ein Quatsch, und außerdem hat die mir überhaupt nicht gefallen. Sie hat ohne Punkt und Komma auf mich eingeredet und so getan, als fände sie Kochen wunderbar, aber ich hab gleich gemerkt, dass sie gar nicht ernsthaft interessiert ist.
19:20

Gianni an Fabio
Na, hör mal! Die war ja wohl spektakulär! Und ich habe sie dir auf dem Silbertablett serviert, oder etwa nicht? Was heißt schon ernsthaft? Du musst sie ja nicht gleich heiraten, du hättest einfach einen schönen Abend mit ihr verbringen können.
19:21

Fabio an Gianni
Mag sein. Ich hatte trotzdem keine Lust.
19:22

Gianni a Fabio
Du hast vielleicht eine Laune! Jetzt lass den Kochtopf mal Kochtopf sein, und komm mit! Wir sehen uns einen richtigen

Macho-Film an, und hinterher gehen wir frittierten Fisch essen beim Filettaro!
19:23

Fabio an Gianni
Na schön, wir treffen uns in zwanzig Minuten. Aber nur wir beide bitte! Keine weiteren spektakulären Frauen.
19:24

Gianni an Fabio
Okay, okay, aber irgendwann musst du mal von deinem misanthropischen Trip runterkommen –ich erkenne dich ja kaum nicht wieder.
19:25

Francesca an Luz
Wenn ich die Karten bezahle und eine Pizza, gehst du dann morgen mit den Kindern ins Kino?
8:45

Luz an Francesca
Du weißt doch, dass ich das auch mache, wenn du nichts bezahlst. Warum? Was ist los?
8:46

Francesca an Luz
Carlo hat Geburtstag. Ich wollte ein hübsches Abendessen machen, nur für uns beide. Mit Kerzen und allem Pipapo. Ich habe in letzter Zeit immer dasselbe gekocht, hatte einfach keine Lust. Ich glaube, das wurde auch bemerkt, gestern wollten jedenfalls alle in dieses furchtbare Tex-Mex.
8:48

Luz an Francesca
Am besten wendest du dich sofort dem Pipapo zu. Warum sich vorher in der Küche abplagen?
8:50

Francesca an Luz
Nein, nein, für mich ist Kochen auch eine Form der Zuneigung, es kann durchaus verführerisch sein … Eine Art Vorspiel …
8:51

Luz an Francesca
Ach ja? Das erschließt sich mir jetzt nicht, aber bitte, wenn es dir so wichtig ist … Wann soll ich kommen, um die Kinder abzuholen?
8:52

Francesca an Luz
Um halb acht, dann könnt ihr erst ins Kino gehen und danach noch eine Pizza essen (wenn du die beiden nicht vorher schon mit Popcorn abfüllst wie beim letzten Mal). Wenn ihr um halb elf wieder zu Hause seid, wäre das perfekt für mich.
8:54

Luz an Francesca
Okay, Wonder Woman, dann hast du drei Stunden. Mach was draus!
8:55

Francesca an Luz
Danke noch mal wegen gestern Abend, du bist ein Schatz! Die Kinder waren total happy.
11:35

Luz an Francesca
Und bei dir? War alles schön? Wie lief das verführerische Abendessen?
11:36

Francesca an Luz
Na ja, geht so.
11:37

Luz an Francesca
Was soll das heißen – geht so? Du wolltest doch das große Feuerwerk abbrennen? Nicht nur in der Küche.
11:38

Francesca an Luz
Doch schon … ja. Aber das Essen war eine Katastrophe.
11:39

Luz an Francesca
Lese ich richtig? DEIN Essen war eine Katastrophe? Was war denn nur los?
11:40

Francesca an Luz

Ach, keine Ahnung. Ich war einfach nicht bei der Sache – die Pasta mit Meeresfrüchten war ziemlich wässerig, der gebackene Fisch staubtrocken und der Mürbeteigboden der Torta al limone viel zu hart. Das ganze Essen schmeckte scheußlich.

11:43

Luz an Francesca

Oje. Und was hat Carlo gesagt?

11:44

Francesca an Luz

Dass alles wunderbar sei. Aber du weißt ja, wie er ist. Er wird nie unfreundlich.

11:45

Luz an Francesca

Ja, geduldig wie ein Lamm. Wenn du mal weg bist, würde ich direkt übernehmen.

11:46

Francesca an Luz

Luz!!! Wie kommst du darauf, ich könnte ihn verlassen?

11 :46

Luz an Francesca
Nein, nein! Ich meinte, wenn du für immer weg wärest, sagen wir mal, du wärst tot oder so. Ansonsten lass ich natürlich die Finger von deinem Mann.
11:47

Francesca an Luz
Wenn ich *tot* wäre? Was redest du da? Wünschst du dir im Ernst meinen Tod?!
11:48

Luz an Francesca
Meine Güte, Francesca! Was ist nur los mit dir? Das war ein Witz. Du bist in letzter Zeit echt total schlecht drauf, kann das sein?
11:50

Francesca an Luz
Ja, vielleicht … Bei der Arbeit läuft es nicht so, wie ich möchte, Carlo ist auch nie da, ich fühle mich einfach mies. Nicht mal das Kochen macht mir mehr Spaß. Maria fehlt mir. So, jetzt ist es raus!
11:51

Luz an Francesca
Das habe ich mir schon gedacht! Hast du denn gar nichts mehr von ihr gehört? Ich meine – von IHM?
11:52

Francesca an Luz
Nein, nichts, nicht mal eine SMS.
11:53

Luz an Francesca
Hast du ihm auf seine schöne Mail geantwortet?
11:54

Francesca an Luz
Nein, natürlich nicht. Ich war viel zu aufgebracht und verwirrt …
11:55

Luz an Francesca
Dann ist mir klar, warum du nichts mehr gehört hast. Männer denken nicht so um die Ecke wie wir Frauen, weißt du? Sie sind ganz einfach gestrickt. Wenn dir einer schreibt und um Verzeihung bittet und du antwortest nicht, dann versteht er das so: Sie verzeiht mir nicht. Er weiß ja nicht, dass du Probleme bei der Arbeit hast, dass du ständig deine Mutter am Hals hast, deinen Ehemann bedauerlicherweise aber nicht, oder kaum. Dass du dich um die Kinder kümmern musst und du völlig durcheinander bist, weil eine deiner besten Freundinnen plötzlich ihr Geschlecht gewechselt hat, du dachtest, sie sei eine Frau, sie ist aber ein Mann. Alles klar?
12:00

Francesca an Luz
Puh, das war jetzt ein bisschen viel auf einmal, aber das Wichtigste habe ich verstanden. Du denkst, ich liege falsch …
12:03

Luz an Francesca
Na ja … Wütend warst du völlig zu Recht, aber vielleicht warst du ein bisschen *zu* streng. Er wollte dir schließlich nichts Böses. Er wollte nur mit dir kochen. Nun gib dir einen Ruck, und schreib ihm noch mal. Vielleicht unter dem Vorwand, dass du nach einem Rezept suchst …
12:04

Francesca an Luz
Ich weiß nicht recht, Luz. Mal sehen …
12:05

Von: Fabio.colucci@raildesign.it
An: guendalina.lozza@gmail.com; gianni.giudici@gmail.com
Betreff: Geburtstagsessen
24. Mai 2017, 20:03

Hallo ihr beiden,
obwohl ich seit einiger Zeit die Lust am Kochen etwas verloren habe, möchte ich euch am Sonntag, den 28. doch gerne zum Geburtstag einladen und euch etwas Schönes zum Essen servieren. Folgendes Menü erwartet euch:

Gebratener Tintenfisch auf einem Bett aus Kartoffeln und Ingwer mit karamellisierten Zwiebeln – dazu einen Bianco Furore von Marisa Cuomo;
Ravioli mit Rotbarschragout auf Romanescocreme mit getrockneten Tomaten – begleitet von einem Vintage Tunina von Jermann;
Frittura di Paranza, dazu Champagne Ivoire & Ébène von Aubry.
Den Nachtisch bringt ihr mit wie üblich.

Ich freue mich auf euch!
Fabio

Guendalina an Gianni
Ciao, Gianni, du weißt ja, dass wir heute Abend bei Fabio sind. Ich bringe Eis zum Nachtisch mit, und du?
12:02

Gianni an Guendalina
Ich bringe Valentina mit.
12:04

Guendalina an Gianni
Idiot, das Mädchen der Woche ist doch kein Nachtisch!
12:05

Gianni an Guendalina
Ach nein? Das war ein Witz (Valentina kommt trotzdem mit). Lass uns das Eis zusammen mitbringen.
12:06

Guendalina an Gianni
Treffen wir uns vorher noch zum Aperitif? Ich würde gern mit dir über Fabio sprechen, aber nicht, wenn er dabei ist. Wie findest du ihn in letzter Zeit?
12:07

Gianni an Guendalina
Fabio? Er ist nicht besonders gut drauf, würde ich sagen. Er hängt rum, ist unmotiviert, zieht sich zurück und hat immer schlechte Laune ... Und mehr sage ich nicht, weil er mein Freund ist.
12:08

Guendalina an Gianni
So ist es. Und ich habe auch eine Ahnung, warum das so ist …
12:09

Gianni an Guendalina
Und ich *weiß*, warum das so ist.
12:09

Guendalina an Gianni
Eine Frau, oder?
12:10

Gianni an Guendalina
Ja, ganz sicher, aber nicht irgendeine. Immer dieselbe, die Virtuelle. Die Unsichtbare!
12:11

Guendalina an Gianni
Wenn du Francesca aus Mailand meinst, ich habe die Unsichtbare gesehen …
12:12

Gianni an Guendalina
Ja, ich weiß, er hat mir von dieser peinlichen Sache erzählt. Seit einem Monat redet er von nichts anderem mehr, und dabei geht es allein um sie. Du weißt ja, wie Fabio ist. Er kann es hinnehmen, eine Schlacht zu verlieren, wenn er nach Kräften gekämpft hat. Aber in diesem Fall hat der Kampf ja nicht mal stattgefunden. Er hatte nie eine wirkliche Chance, sie hat ihn

schon vorher abserviert. Und jetzt verbringt er seine Zeit damit, zu grübeln und sich zu quälen.
12:16

Guendalina an Gianni
Ja, so sieht es wohl aus. Und was können wir tun? Nichts.
12:16

Gianni an Guendalina
Offenbar ist diese Francesca völlig abgetaucht, jedenfalls schreibt sie ihm nicht mehr. Andererseits macht die Sache mit dem Geschlechtertausch und dem ganzen Betrug ja auch einen ziemlich seltsamen Eindruck. Ich meine, diese Frau kann ja nicht wissen, was für ein netter Typ Fabio eigentlich ist. Sie könnte denken, dass er ein Stalker ist, der unter Vorspiegelung falscher Tatsachen Frauen aufreißen will, oder einfach so ein Gestörter, der nicht alle Tassen im Schrank hat.
12:18

Guendalina an Gianni
Mag sein. Jedenfalls leidet der arme Fabio wie ein Schwein – oder was hast du für einen Eindruck?
12:19

Gianni an Guendalina
Ich sehe das genauso. Seit dieser Geschichte schaut er keine andere mehr an. So viel kann ich dir verraten. Ich habe wirklich alles versucht, hab Treffen mit super tollen Frauen arrangiert, aber nichts zu machen … Die Frauen fliegen auf ihn, weil er in

seiner gedankenschweren Stimmung so ruhig ist und sich nicht so aufspielt mit seiner Küche. Er hätte kein Problem, eine Frau zu finden, aber soweit ich weiß, gab es, seit es Francesca gibt, keine Affären mehr, nicht mal eine klitzekleine.
12:22

Guendalina an Gianni
Mamma mia, ich glaube es nicht!
12:23

Gianni an Guendalina
Na ja. Schauen wir mal, wie es ihm heute Abend geht. Immerhin hat er Geburtstag, vielleicht hellt das die Stimmung ein bisschen auf. Übrigens – ich hätte da einen Freund, der super sympathisch ist. Soll ich ihn mitbringen?
12:24

Guendalina an Gianni
Mein Bedarf ist gedeckt, danke. Ich habe noch genug von dem letzten Freund, den Fabio angeschleppt hatte. Ein erfolgreicher Steuerberater, der mich völlig fertig gemacht hat. Stundenlang hat er nur von seinem Business und seiner Karriere geredet. Es war todlangweilig.
12:25

Gianni an Guendalina
Oh mein Gott! Sei froh, dass du nicht mit ihm ins Bett gegangen bist!
12:26

Guendalina an Fabio
Das bin ich ja – aus purer Verzweiflung. Nachdem Fabio sich verdrückt hatte, war das der einzige Weg, sein Gequassel zu stoppen.
12:27

Gianni an Guendalina
Du bist echt unglaublich, Guenda, weißt du das? Und wie war's?
12:28

Guendalina an Gianni
Besser als das Essen, aber mit dir rede ich sicher nicht über Sex.
12:30

Gianni an Guendalina
Wie schade! Okay, dann also bis heute Abend.
12:31

Guendolina an Gianni
Irgendwelche Kommentare zu gestern Abend? Ich hätte jede Menge Anmerkungen.
9:10

Gianni an Guendalina
Komm, Guenda, sei nicht so gemein!
9:11

Guendalina an Gianni
Und du hattest noch gesagt, er spielt sich nicht mehr so auf mit seiner Kocherei. Wie würdest du das Theater, das er um jeden Bissen gemacht hat, denn dann nennen? Meine Güte, war das nervig!
9:12

Gianni an Guendalina
Ja, du hast schon recht. Aber das ist der Stress. Du kennst ihn doch.
9:13

Guendalina an Gianni
Aber uns gegenüber ist er doch sonst nicht so. Und dann dieses exaltierte Gerede über den Nachgeschmack der Grapefruit bei diesem Wein, den er unbedingt aufmachen wollte, obwohl ich ihm doch extra eine gute Flasche Rotwein mitgebracht hatte. Das war wirklich zu viel. Ich habe mich gefragt, ob ich in einer verdammten Koch-Show gelandet bin?
9:15

Gianni an Guendalina
Guenda, sei nachsichtig mit ihm. Er hat Probleme.
9:16

Guendalina an Gianni
Jaja, das ist wieder diese typische Männersolidarität. Was denn für Probleme? Muss man seine Freunde dermaßen zutexten? Die Ravioli auf dem Bett von ich weiß nicht was aus Romanesco, das aussah wie Katzenkotze? Und das Rotbarsch-Tempura, das nichts anderes war als labbrige frittierte Fischchen? Und dann: das Meisterwerk! Der knusprig gebratene Tintenfisch, dieser traurige Tentakel allein auf dem großen Teller – war das jetzt Ausdruck seines Weltschmerzes, oder sollte das irgendwie besonders toll aussehen? Ich rede jetzt mit ihm!
9:20

Gianni an Guendalina
Ja, aber bitte sei ein bisschen rücksichtsvoll. Er trauert doch immer noch um seine schöne Mailänder Kochfreundin.
9:21

Guendalina an Fabio
Meine Güte! Wie lange soll das denn noch gehen? Man kann sich auch in was reinsteigern.
9:22

Dentice al forno alla ligure

Zahnbrasse im Backofen nach ligurischer Art

Von: f.frigerio@beniculturali.it
An: mariacolucci@hotmail.com
Betreff: Fabio, richtig?
31. Mai 2017, 13:30

Der Betrüger, der meine Herzensfreundin wurde und mich so schamlos hintergangen hat, heißt also in Wahrheit Fabio.

Ich weiß nicht, ob du diese Mail jemals lesen wirst, Fabio, ob du noch den Account von Maria hast oder diesen längst gelöscht hast. Wenn du ihn noch hast, könnte das bedeuten, dass du weiterhin als Maria im Netz unterwegs bist, um dich bei ahnungslosen Frauen einzuschleichen, aber das glaube ich eigentlich nicht. Mittlerweile denke ich, dass es nicht deine Absicht war, mich auf miese Art anzumachen, sondern dass aus einer Verlegenheitslüge immer weitere Lügen erwuchsen und du am Ende nicht mehr wusstest, wie du noch aufhören konntest. Habe ich das richtig verstanden? Wenn es so ist, wirst du meine Mail vermutlich gar nicht mehr lesen können, weil du nach meinem langen Schweigen den Account bestimmt gelöscht hast. Oder ich habe es richtig verstanden, aber du hast den Account doch noch nicht gelöscht, weil du immer noch auf eine Antwort von mir wartest … Wie auch immer, hier bin ich also wieder und hätte gern deine Meinung zu ein paar kulinarischen Fragen. Neulich habe ich zu einem Abendessen eingeladen. Es gab Fisch, und ich wollte etwas besonders Originelles machen, das mir am Ende nicht so gelungen ist, wie ich es gern gehabt hätte. Ich gebe zu, ich hätte gerne mit Maria über das Rezept gesprochen – oder besser gesagt mit Fabio, dem schändlichen Betrüger, der Cacio e pepe mit Artischocken macht.

Hier also das Menü: Ich hatte mir extra Mühe gegeben, weil es der Geburtstag von meinem Mann Carlo war, der mir vieles nachsieht und deshalb auch nicht gesagt hat, wie misslungen das Ganze in Wirklichkeit war.

Antipasti: Thunfischtartar mit Kardamom, Koriander, kleinen Tomaten und Zwiebeln; Zahnbrassencarpaccio mit Ingwersauce, Limette, Curry und Öl; Zahnbrassencarpaccio mit Silberzwiebeln, Kapern und Öl.

Primi piatti: Pasta mit Meeresfrüchten

Hauptgang: Zahnbarsch im Ofen nach ligurischer Art und Thunfisch alla Carlofortina.

Ich bin sicher, dass du die Carpaccios besser hinbekommen hättest als ich, aber ich möchte dir gern von dem Zahnbarsch im Ofen berichten, ein Gericht, das einfach, aber sehr schmackhaft ist.

Du säuberst einen Zahnbarsch von etwa 1 kg und entfernst die Schuppen (Menge für zwei bis vier Personen). Du trocknest ihn ab und legst ihn beiseite. 40 g Trockenpilze weichst du zwanzig Minuten im Wasserbad ein, dann zerhackst du zwei Knoblauchzehen und ein Petersiliensträußchen und füllst den Fisch damit. Gieß ordentlich Öl in eine Auflaufform und gib eine kleine Handvoll grobes Salz hinein, dann legst du den Fisch in die Form und lässt ihn zehn Minuten bei 200 Grad backen. Reduziere die Temperatur auf 180 Grad, und backe den Fisch weitere zehn Minuten, wobei du ihn mit dem austretenden Saft übergießt (wird er zu trocken, deck ihn mit Alufolie ab). Das ist alles.

Eigentlich keine große Herausforderung, sollte man meinen. Dennoch war das Abendessen eine Katastrophe. Zum Glück hatten wir exzellente Weine: zu den Vorspeisen Franciacorta und zum Fisch zwei große italienische Weißweine: Chardonnay Tasca d'Almerita und einen weißen Pietramarina vom Ätna, so konnte ich meinen Kummer über das verdorbene Essen im Alkohol ertränken.

Von dieser Enttäuschung mal abgesehen, bin ich auch sonst nicht gerade sehr einfallsreich, was das Kochen angeht. Mit der römischen Küche habe ich mich jedenfalls nicht mehr beschäftigt – das ist im Übrigen allein deine Schuld! – und beginne gerade mich nach anderen Regionen umzusehen.

Schreib mir mal, was du gerade so kochst.

Ciao

Francesca

Von: mariacolucci@hotmail.com
An: f.frigerio@beniculturali.it
Betreff: Baccalà
1. Juni 2017, 20:56

Liebe Francesca,
zum ersten Mal segle ich nicht unter falscher Flagge. Ich schreibe dir als der, der ich bin, als Fabio. Jetzt, da du meine wahre Identität kennst, kann ich auch meinen richtigen Namen verwenden. Ich bin dir äußerst dankbar, dass du deinen Zorn und das verständliche Unbehagen, das ich dir mit meiner unverzeihlichen Leichtfertigkeit bereitet habe, überwun-

den hast, und fange unverzüglich an, mit dir über das Kochen zu reden – ein Gebiet, auf dem es sicher einfacher ist, unseren Dialog wiederzubeleben.

Ich würde mir niemals erlauben, ein Urteil über ein Abendessen zu fällen, das du deinem Mann zum Geburtstag gekocht hast. Ich bin mir sicher, dass er außer der Zuneigung, die er dir gegenüber verspürt, auch ein höflicher Mensch ist. Deshalb reden wir lieber von anderen Dingen und wenden wir uns deinem Wunsch zu, deine Kochkunst weiterzuentwickeln und dich auf unbekanntes Terrain vorzuwagen. Eines möchte ich dir gleich vorschlagen: Baccalà und Stockfisch.

Ich erlaube mir zu sagen, dass, da du offenbar so gerne Fisch zubereitest und Wert auf gute Ernährung legst (wenig tierische Fette, viele Kräuter, richtig?), das Fehlen von Baccalà und Stockfisch in deinem reichen Repertoire eine echte Lücke darstellt. Mit dem größten Vergnügen möchte ich deshalb mit dir teilen, was ich auf diesem Gebiet bisher lernen konnte, natürlich als Autodidakt.

Dass du bislang keine Erfahrung mit dieser Art von Fisch hast, hängt wahrscheinlich mit einer Vielzahl unterschiedlicher Faktoren zusammen, die ich hier kurz zusammenfassen möchte:

Produktverfügbarkeit und vorbereitende Maßnahmen: Ich denke mir, dass es in Mailand relativ schwierig sein wird, ein schönes weiches Stockfischfilet zu finden – in Rom ist das im Übrigen nicht anders. Ich kann trotzdem nur empfehlen, besonders da du berufstätig bist, das Filet schon fertig zu kaufen, denn den getrockneten Fisch drei Tage lang zu wässern, ist eine öde und aufwändige Prozedur (abgesehen von der Tatsache, dass man dann das Essen drei Tage im Voraus planen müsste). Wenn du also einen guten Händler ausfindig gemacht hast, kauf dir gleich einige große Filetstücke, die schon küchenfertig sind, und leg sie ins Gefrierfach. Dies ist die beste Lösung, und das Fleisch des Baccalà wird nicht darunter leiden, da der Fisch ja schon lange mit Salz behandelt worden ist.

Störende Produkteigenschaften (olfaktorischer Natur): Das gewässerte Filet muss oft noch gehäutet werden, bei dieser Operation riecht es in der Küche und an den Händen etwas streng nach Fisch. Ich nehme an, du stimmst mir zu, wenn ich, jetzt, wo ich dir begegnet bin (wenn auch als Betrüger und in größter Verlegenheit), sage, dass du auf mich den Eindruck einer Dame mit gewissen Ansprüchen machst, der es unangenehm sein könnte, wenn sie Besuch hat und ihre Hände nach Stockfisch riechen. (Ich habe noch gut deine Sorge in Erinnerung, das Schwarz der Artischocken nicht mehr von den Händen zu bekommen ...) Für diese zweite Unannehmlichkeit habe ich keine Lösung, ich kann nur sagen, dass richtig zubereiteter Baccalà am Ende keine Geruchsbelästigung mehr darstellt und dass man einfach möglichst schnell die Hände waschen sollte, nachdem man mit der Zubereitung des Fischs fertig ist.

Es lohnt sich, diese beiden Hürden zu nehmen, denn Baccalà und Stockfisch haben viele Vorzüge und sind unglaublich vielseitig verwendbar. Abgesehen vom Geruch, den sie verbreiten, bevor sie gekocht sind, kann man mit ihnen leichte und feine Speisen oder auch deftige und reichhaltige Gerichte zubereiten.

Ich habe manchmal Abende veranstaltet, an denen es ein Menü nur aus Baccalà gab, wobei es zu einem Crescendo von

Geschmack und Komplexität kommt. Ein wenig wie bei Beethovens Klaviersonaten – wenn ich mir den Vergleich erlauben darf.

Nehmen wir zum Beispiel bei niedriger Temperatur in Öl gebratenen Baccalà mit Zitrusfrüchten, serviert in etwa 2,5 x 2,5 großen Würfeln und mit einem kühlen, leichten Spumante. Man kann den Fisch aber ebenso gut mit Tomaten schmoren oder »al Pil Pil«, also nur mit Knoblauchöl, zubereiten, wobei ein ganz außergewöhnlich aromatischer Geschmack entsteht, zu dem Champagner oder komplexere Weißweine mit Struktur ganz ausgezeichnet passen.

Er wird geschätzt, gilt aber nicht als Delikatesse, eine Zeitlang sogar eher als das, was man »Arme-Leute-Essen« nannte. Ich kann allerdings versichern, dass Baccalà auch unter dem Aspekt ökonomischer Nachhaltigkeit ein sehr guter Fisch ist (dies könnte auch zu deiner Küchenphilosophie passen), und erkläre dir auch warum: In Rom kostet ein gutes norwegisches Baccalàfilet 15 bis 16 Euro pro Kilo (zum Beispiel auf dem Trionfale-Markt). Du zahlst 16 Euro für ein Kilo Fleisch, das du fast ganz verwenden kannst (die Haut ist nur ein winziger Teil), bei jedem anderen Fisch, der frisch ist, zahlst du wesentlich mehr, 20 bis 25 Euro pro Kilo, nach Entfernung von Kopf und Flossen und wenn er ausgenommen ist, bleiben nur noch 60 Prozent übrig, so zahlst du für ein Kilo frischen Kabeljau 33 bis 41 Euro.

Zu den Proteinen und dem Nährwert brauche ich nichts weiter zu sagen, das weißt du sicher selbst.

Ciao, Francesca, wenn du magst, schreiben wir weiter

Fabio

Francesca an Luz
Ich muss dir was sagen!
22:30

Luz an Francesca
Ja?
22:31

Francesca an Luz
Ich habe wieder Kontakt zu dem Mann aufgenommen, der so getan hat, als wäre er Maria.
22:33

Luz an Francesca
Wow! Und? Wie aufregend!
22:33

Francesca an Luz
Von wegen aufregend! Er schreibt im Stil eines Beamten und hat mir eine Mail geschickt, wie sie bescheuerter gar nicht sein kann. Ich hatte nach den ersten Zeilen schon keine Lust mehr weiterzulesen. Komisch, nicht? Als er noch Maria war, war es immer super mit ihm zu schreiben, du weißt schon, wie ich es meine. Jetzt redet er von mir als »einer Dame mit gewissen Ansprüchen« – wie langweilig ist das denn? Ich will meine Maria zurück.
22:35

Luz an Francesca
Also fehlt sie dir?
22:36

Francesca an Luz
Nein, das heißt ja, in gewisser Hinsicht. Verstehst du? Maria war eine ganz besondere und inspirierende Freundin, und jetzt habe ich da plötzlich so einen total pedantischen Ingenieur am anderen Ende der Leitung.
22:37

Luz an Francesca
Tja, wie auch immer. Vielleicht war dir Maria so sympathisch, weil du unbewusst den Macho wahrgenommen hast …
22:38

Francesca an Luz
Luz, du solltest mich eigentlich besser kennen.
22:38

Luz an Francesca
Ich kenne dich allerdings, nur du kennst dich nicht. Du bist selbst schuld.
22:39

Francesca an Luz
Schuld? Woran denn? Dass ich monatelang an der Nase herumgeführt wurde?
22:40

Luz an Francesca
Nein! An der Beamtensprache. Wie du ihn angefunkelt hast, als du ihn durchschaut hast, möchte ich mir gar nicht vorstellen. Natürlich ist er nicht mehr er (ich meine sie, du verstehst schon). Du hast ihn zu Tode erschreckt mit deinem eisigen Blick.
22:41

Francesca an Luz
Du übertreibst. Ich flippe nie aus, auch nicht bei den Kindern, geschweige denn bei einem Unbekannten.
22:42

Luz an Francesca
Das ist es ja gerade. Damit machst du den Leuten Angst. Du kannst so kalt sein wie der Nordpol.
22:43

Francesca an Luz
Und? Was hätte ich denn tun sollen? Ihn freundlich anlächeln und so tun, als ob nichts wäre, und weiter über Kochrezepte plaudern?
22:44

Luz an Francesca
Wirst du ein bisschen melodramatisch? Verzeih ihm doch endlich, lass ihn etwas näher rankommen. Eine Prise Verzeihung, Francesca. So sagt man doch in der Küchensprache, oder?
22:45

Francesca an Maria
Gibt es diesen Whatsapp-Account noch?
8:40

Maria an Francesca
Ja. Ich bin's, Fabio …
8:40

Francesca an Maria
Okay. Fabio, ich muss dich etwas fragen.
8:41

Francesca an Maria
Aus welchem Grund drückst du dich jetzt, wo du dich als Mann an mich wendest, so aus, als hättest du einen Stock im Arsch?
8:42

Maria an Francesca
Francesca! Ich muss doch sehr bitten …
8:43

Francesca an Maria
Sei nicht gleich sauer, aber es ist die Wahrheit. Als Fabio bist du unglaublich steif, fast bürokratisch.
8:44

Maria an Francesca
Autsch, das tat weh! Aber gut, ich hab's verstanden. Dann schreibe ich dir jetzt wie Fabio … nur ohne Stock … ähäm … Ich schick dir später eine Mail.
8:45

Francesca an Maria
Aber die Sache mit dem Baccalà interessiert mich. Nach den sehr theoretischen Erörterungen des großen Chefkochs könntest du jetzt vielleicht mal zur Praxis schreiten, Signoramia.
8:47

Von: mariacolucci@hotmail.com
An: f.frigerio@beniculturali.it
Betreff: Ohne Stock …
3. Juni 2017, 10:20

Und tatsächlich fühle ich mich gleich besser … Aber du musst verstehen, Francesca, dass du letztes Mal, als wir uns gesehen haben (eigentlich unser erstes Mal, wenn ich's recht überlege), ziemlich feindselig warst. Also habe ich versucht, dir in einem möglichst neutralen Ton zu schreiben … Wie du siehst, habe ich immer noch den Maria-Account, und wenn du einverstanden bist, verwende ich ihn weiter für die Korrespondenz mit dir – eigentlich willst du ja auch lieber mit Maria schreiben. Außerdem hat man sich ja doch irgendwie daran gewöhnt, oder? Und jetzt zum Baccalà!

Ich freue mich sehr, dass ich dein Interesse wecken konnte. Baccalà und Miesmuscheln koche ich am liebsten mit Pasta. Der Baccalà ist etwas Besonderes, das sagt schon Vázquez Montalbán, ihm wohnt eine Art Zauber inne. Er sagt, er sei wie eine wiederauferstandene Mumie und belebe so eine Vereinigung von Körper und Geist zwischen denen, die ihn essen. Die erotische Konnotation ist natürlich kein Thema zwischen dir und mir.

Es gibt Hunderte von Zubereitungsarten, von meinem Lieblingsrezept habe ich schon gesprochen, das ist Pil Pil, Baccalà mit Knoblauchöl, das hast du, soweit ich weiß, noch nicht ausprobiert, sonst hättest du es mir – ob wütend oder nicht – sicher schon gesagt. Ich mag diese Art am liebsten, aber es ist nicht gerade ein leichtes Essen, und ich weiß nicht, ob deine

Freundinnen in Mailand, die immer so viel Grünzeug kauen, in der Lage sind, es zu verdauen. Vielleicht erwähne ich zunächst lieber zwei leichter verdauliche Rezepte, an denen deutlich wird, wie vielseitig dieser Fisch ist: Baccalàcarpaccio und Baccalà mit Zitrusfrüchten.

Das sind zwei Vorspeisen, die leicht zuzubereiten sind und immer großen Anklang finden.

Zunächst zum Carpaccio: Roher Baccalà ist an sich leicht, hat einen feinen Geschmack und kann deshalb gut mit Kräutern, Gewürzen und Saucen kombiniert werden. Das Wichtigste und die einzige technische Schwierigkeit besteht im Schneiden der hauchdünnen Scheiben, die fast durchsichtig sein sollten. Dazu braucht man eine geschickte Hand und ein gutes Messer. Dann richtet man die Scheiben auf einem schönen Teller an, so dass sie ein bisschen überlappen, und gießt vorsichtig ein wenig Zitronensaft und reichlich Olivenöl (das beste, das du hast) darüber. Du kannst noch ein paar farbige Akzente setzen, die den Geschmack erhöhen: Petersilienblätter und kleine Cherrytomaten. Eine Empfehlung: Lass den Fisch nicht zu lange in zu viel Zitrone ziehen, sonst wird er sauer. Damit die Marinade nicht zu dominant wird, sollte man sie erst eine halbe Stunde vor dem Servieren über den Fisch geben.

Baccalà an Zitrusfrüchten: Nimm Olivenöl (wieder das beste, das du hast) und gib es zusammen mit dem Abrieb von zwei Orangen und einer Limette in eine Auflaufform. Stell sie bei 80 Grad in den Ofen. Du kannst, wenn du ein Thermometer hast, auch alles in einer Pfanne auf der Flamme zubereiten … Schneide das Filet in mundgerechte Würfel und lege sie in die Form, so dass sie ganz von dem aromatisierten Öl bedeckt werden. Lass alles ziehen, bis das Öl wieder auf Raumtemperatur abgekühlt ist. Servier die Würfel direkt auf die Teller mit ein bisschen Orangenschale als Dekor und mahle etwas schwarzen Pfeffer darüber. So wird das Fleisch des Baccalà weich und würzig.

Dazu Spumante, Bellavista oder Äähnliches.

Und jetzt das Gericht, das für mich der König eines jeden Menüs ist, das Pil Pil!

Du musst wissen, dass mir sehr viel an diesem Rezept liegt, weil es aus Bilbao stammt. Ich habe es dort kennengelernt (gern würde ich dir von dieser Reise erzählen, aber davon sprechen wir ein anderes Mal).

Ich hatte versucht, Pil Pil nach dem Rezept aus Montalbáns Buch zu machen, habe es aber nie verstanden. In Spanien habe ich dann die richtige Technik gelernt und, zurück in Rom, lange geübt. Ich glaube, dieses Gericht ist mein Meisterstück, und ich koche es oft, wenn ich Eindruck schinden will.

Es ist extrem aufwendig, für den Koch wie für den, der es isst, deshalb lege ich dir nahe, es auszuprobieren, bevor du dich bei wichtigen Anlässen daran wagst. Ich empfehle kleine Portionen, dazu viel gutes, knuspriges Brot oder meine Variante mit feinen Spaghetti und Artischocken, die ich später genauer beschreibe.

Eine Regel gilt praktisch immer: je weniger Zutaten, desto schwerer das Kochen.

Also: 800 g Stockfischfilet: die besten Stücke, die du finden kannst, mit Haut.

Ein halber Liter (!) natives Olivenöl: ein ganz besonders gutes.

Frischer roter Knoblauch mit großen Zehen und viel Geschmack, ganze rote Peperoni, am besten frisch, aber getrocknete gehen auch. Rechne pro Person eine Knoblauchzehe und eine Peperoni.

Die Ölmenge, die man nach den Rezepten braucht, ist immens, denn die Filets müssen beim Garen von Öl bedeckt sein. Um die Mousse zu machen, empfehle ich, nicht das Öl zu nehmen, mit dem du die Filets zubereitet hast.

Da du das Mittelstück für das Pil Pil brauchst, schneide das Fleisch an den Seiten ab und heb es auf, um etwas anderes damit zu machen, vielleicht sogar das Carpaccio, von dem ich dir erzählt habe. Benutz die dicksten Teile aus der Mitte für die Portionen, Quadrate von ca. 8 cm Breite, oder auch Rechtecke (hahaha, hier spricht der Ingenieur, Verzeihung).

Gib das Öl zusammen mit den Knoblauchzehen, die du vorher in Orangenschale eingewickelt hast, und den Peperoni in einen Topf und lasse alles schmoren, bis der Knoblauch goldbraun ist. Nimm den Knoblauch und die Peperoni raus, und leg beides zum Garnieren beiseite.

Brate die Filets im Öl, nicht länger als 15 Minuten und sehr vorsichtig, damit sie nicht auseinanderfallen.

Jetzt kommt das Schönste: Leg die Filets in eine nicht beschichtete Aluminiumpfanne auf die Seite mit der Haut, mach den Herd an – mittlere Temperatur, aber nicht zu wenig Hitze –, gib einen Kochlöffel des vorher verwendeten Öls hinzu und bewege die Pfanne vor und zurück, damit die Haut des Baccalà auf dem Aluminium hin- und herrutscht. Das Öl, das Fett und die Haut bilden dann eine großartige Sauce. Wenn du siehst, dass sie wie durch Zauberei entsteht, gib einen weiteren Löffel Öl hinzu, und das machst du so lange, bis sich genügend sämige Mousse gebildet hat.

So sieht am Ende ein fertiger Teller aus: ein zarter Filetwürfel von Mousse umgeben, darauf eine gebackene Knoblauchzehe und eine Peperoni als Garnitur.

Da es viel Mousse gibt und es kaum möglich ist, sie mit dem Brot gänzlich aufzutunken, schlage ich dir die Fabio-Variante vor: ein Nest aus Spaghetti mit Pil-Pil-Sauce und garniert mit einer knusprigen Artischocke dem Fisch hinzuzufügen.

Du kochst die Pasta und frittierst die Artischocken (vorher mit Mehl bestäuben) in superfeinen Lamellen, mit Hilfe einer Gabel formst du ein Nest für jede Portion, dazu die Mousse und dann bedeckst zu sie großzügig mit Artischockenstreifchen.

Ich weiß, das ist viel Arbeit, und es entspricht auch nicht der Zehnerregel von Oma Wanda (sie kochte immer für zehn, genau wie du, stimmt's?). Ich habe diese Pil-Pil-Variante immer höchstens für sechs Personen gemacht. Es ist sehr schwer, alles im Griff zu behalten, aber es schmeckt wirklich ausgezeichnet.

Lass mich wissen, wenn du es probieren willst.

Fabio

Von: f.frigerio@beniculturali.it
An: mariacolucci@hotmail.com
Betreff: Klarstellungen
3. Juni 2017, 15:12

Lieber Fabio,
danke! Die Vorspeisen klingen perfekt.

Ich finde übrigens, dass jetzt der Moment gekommen ist, um ein paar Dinge klarzustellen, damit wir unsere kleine Korrespondenz fortsetzen können. Da du es mir durch die Blume gesagt hast: Ich bin keine anorektische Zicke, die immer auf ihre Linie achtet, und meine Mailänder Freundinnen ebenso wenig. Ich habe auch keine Angst, es mit Baccalà zu versuchen, die Sache mit den Artischocken war Ausdruck einer kleinen Schwäche, wie ich sie nur sehr selten habe und deren Zeuge du auf illegitime Weise geworden bist. Aus gegebenem Anlass, teile ich dir mit, dass die meisten Frauen in Mailand nicht so sind, wie du sie dir vorstellst. Mailand ist, das weißt du vielleicht, eine europäische Metropole, in der die unterschiedlichsten Menschen leben. Es gibt Models, aber auch ganz normale Frauen, die berufstätig sind, Hunger und Durst haben, »normal« schön sind oder auch nicht. Sind die Frauen in Rom vielleicht alle wie Schwester Lella? Jedenfalls sind in Mailand nicht alle Frauen wie die magersüchtigen Models, die du während der Modewoche im Fernsehen siehst. Alles klar?

Nun zu mir: Es stimmt, dass ich mit tierischem Fett nicht viel anfangen kann und in meiner Küche Meeresfrüchte, Kräuter und Gemüse den Vorrang haben. Es stimmt auch, dass ich mich nicht überfresse und versuche, intelligent zu essen und natürlich auch schön zu bleiben (obwohl ich schon einige Jahre auf dem Buckel habe, zweimal Mutter geworden bin und gern gut esse und guten Wein trinke).

So. Da du mich herausgefordert hast und ich Freitag ein Abendessen zu Hause habe, koche ich entweder die Vorspeisen oder das Pil Pil – ohne es vorher auszuprobieren. Was sagst du jetzt?

Ciao

Francesca

Von: mariacolucci@hotmail.com
An: f.frigerio@beniculturali.it
Betreff: Ich drücke die Daumen!
3. Juni 2017, 18:33

Liebe Francesca,
zuallererst drücke ich die Daumen für das Pil Pil, nicht nur weil es ein aufwendiges Gericht ist, sondern auch für den Eindruck, den es auf deine Gäste machen wird.

Ich lese ein wenig Trotz und ein bisschen Verärgerung wegen meiner klischeehaften Vorstellungen, die sicher auch ein bisschen der Wahrheit entsprechen, aber ich kann dich beruhigen: Ich halte dich keineswegs für ein anorektisches Model und noch weniger für eine biedere Hausfrau. Deine Auffassung über tierische Fette ist weder übertrieben noch ideologisch, sondern wohlüberlegt, und irgendetwas sagt mir, dass deine Art, sich zu ernähren, exzellent ist, von hoher Qualität, aber auch mit Augenmaß.

Über Fett müssen wir noch reden. Du hast inzwischen sicher begriffen, dass ich es sehr mag und großzügig verwende. Mich fasziniert die Beziehung der Frauen zum Fett, ich glaube, es handelt sich da um eine Hassliebe. Ich kann das nicht so gut nachempfinden, denn ich gehöre zu den glücklichen Menschen, die unbesorgt viel essen können. Ich bin schlank und sportlich. Wenn ich also eine Pasta all'Amatriciana machen will, tue ich so viel Speck hinein, wie ich möchte, und spare nicht damit. Und wenn ich ein Pil Pil machen will, macht es mir nichts aus, selbst eine große saftige Portion zu essen. Das Problem sind die anderen, die Gäste, denen es schwerfällt, die 150 cl Olivenöl zu verdauen, die sich auf ihrem Teller finden. Ich bin privilegiert und schaue nur mitleidig zu, welche Mühe alle haben, die täglich gegen ihren Speck ankämpfen müssen. Dieser Kampf hat auch seine Auswirkungen auf das Kochen, Hühner werden ohne Haut zubereitet, grüne Saucen mit zu wenig Olivenöl gemacht, weil gerade Olivenöl als Feind betrachtet wird. Das ist sehr schade, denn wie wir alle wissen, gibt das Fett den Geschmack bei einer Speise.

Mich würde sehr interessieren, wie du darüber denkst. Wenn du magst, schreib mir also zurück.

Fabio

Von: f.frigerio@beniculturali.it
An: mariacolucci@hotmail.com
Betreff: Fett und Wasser
4. Juni 2017, 9:45

Lieber Fabio,
tierisches Fett mögen alle gern, auch wir Mailänder, denn wir sind genetisch so programmiert, dass wir damit Vorräte anlegen, um in Dürrezeiten oder bei dem Durchqueren von Wüsten und Wäldern und dem Überwinden von Gebirgen besser den Hunger zu überstehen und zu überleben. Nach Hunderttausenden von Jahren, in denen es stets Hunger gab, haben wir Menschen der westlichen Welt nun das genau entgegengesetzte Problem: zu viel Essen, zu viel Fett, Übergewicht, Fettleibigkeit und so weiter … Ganze Flüsse von Tinte sind geflossen, um über den Kulturverfall und die ungesunde Gastronomie der Vereinigten

Staaten zu schreiben und über die Überlegenheit der mediterranen Küche, die zwar Fette verwendet, aber eben solche wie das gute Olivenöl, und darüber hinaus eine komplexere Ernährungsweise vertritt, weshalb in Italien und Frankreich Fettleibigkeit nicht so ein großes Thema ist wie in den USA.

Ich gebe zu, Fabio, dass ich ein bisschen aufpasse, was ich esse, denn ich möchte dem ästhetischen Ideal der Frau von heute einigermaßen entsprechen. Deshalb verwende ich wenig Butter und tierische Fette und mag die mediterrane Küche. Das hat aber nichts mit irgendeiner Ideologie zu tun: Ich verbiete niemandem etwas, nicht mal den Kindern, ich gebe mir nur Mühe, für Abwechslung zu sorgen, und sehe Kochen auch als ethische Frage, der ich mich verpflichtet fühle. Ich kann nur sagen, dass ich Olivenöl liebe und sich Fett auch in Fischbrühe, dem Kopf vom Rotbarsch und in der Haut deines heiligen Baccalà findet.

Und noch etwas: Meiner Meinung nach kann der Gebrauch von zu viel Fett in der Küche auch von geringer Kenntnis davon zeugen, wie Flüssigkeiten wie Brühe oder das Kochwasser von Pasta oder Reis eingesetzt werden können. Wie oft gibt man Öl anstatt einen Schuss Kochwasser in ein Gericht? Und wie viele Leute haben in der Küche schon stets Gemüse- oder Fischbrühe zur Hand? Deshalb werden trockene Gerichte meistens durch Hinzufügen von Öl oder Butter gerettet!

Schreib mir mal, was du von Wasser und Brühe beim Kochen hältst. Und ich werde dir berichten, wie das Pil Pil geworden ist – ich bin gedanklich schon ein bisschen bei deinem »Hin und Her« mit der Pfanne.

Ciao

Francesca Mediterranea

PS: Ich wollte es dir schon seit einer ganzen Weile sagen: Dein Fritto alla romana war großartig. Knusprig, leicht und voller Geschmack. Ich habe sogar ein Stück Hirn probiert. Aber du Dummkopf musstest ja deine Oma Wanda erwähnen. Und wie du gemerkt haben wirst, war ich dann leider sehr wütend und habe die Tafel verlassen, ohne deine anderen Gerichte zu probieren.

Von: fabio.colucci@raildesign.it
An: f.frigerio@beniculturali.it
Betreff: Heilige Worte
4. Juni 2017, 21:45

Oh Signoramia! Wie schön zu hören, dass dir das Fritto geschmeckt hat! Und was für ein leidenschaftliches Plädoyer für Wasser und Brühe!

Das richtige Maß an Flüssigkeit ist bei allen Gerichten entscheidend, das wissen wir. Zum Beispiel bei in der Pfanne zubereiteten Spaghetti. Trockene Spaghetti, egal wie gut eine Sauce ist, können das Ergebnis stundenlanger Arbeit zunichte machen.

Ich stimme dir zu, dass zu trocken geratene Gerichte oft durch das Hinzufügen von Fett gerettet werden. Ein klassischer Fall ist, Olivenöl in eine Pasta asciutta zu geben, wenn man zu wenig Kochwasser verwendet hat.

Ich habe auch immer Angst, dass mein Cacio e pepe zu trocken wird. Der Gipfel der Traurigkeit aber sind staubige Ravioli ohne Sauce auf einem Teller, welch trister Anblick!

Ich habe die Angewohnheit entwickelt – man könnte es auch eine Regel nennen –, immer mit einer zusätzlichen Flüssigkeit zu arbeiten. Wenn ich beispielsweise Spaghetti mit Pesto koche (die hast du mir beigebracht), nehme ich immer etwas vom Kochwasser. Wenn ich Spaghetti mit Sepia-Tinte mache, gebe ich eine Brühe aus Fischköpfen hinzu. Im Gefrierfach habe ich immer genügend eingefrorene Gemüsebrühe. Die richtige Menge an Flüssigkeit ist übrigens auch untrennbar verbunden mit Oma Wandas Regel, die du schon kennst: »Bleib dabei!« Eine trockene Speise ist ein deutliches Zeichen dafür, dass man sich vom Herd entfernt hat.

Ciao, Francesca, ich warte gespannt auf deinen Bericht vom Baccalà-Abend.

Fabio

Von: fabio.colucci@raildesign.it
An: f.frigerio@beniculturali.it
Betreff: Heilige Worte
4. Juni 2017, 21:46

PS: Nun habe ich dir doch von meiner richtigen Adresse aus geschrieben. Aber was soll's, irgendwie ist das ja auch ehrlicher, es fühlt sich jedenfalls so an. Und außerdem: Nur weil etwas zur Gewohnheit geworden ist, ist es ja nicht unveränderlich.

La Foresta Nera

Schwarzwälder Kirschtorte

Fabio an Francesca
Na, wie war's?
9:46

Francesca an Fabio
Ciao, Fabio, du meinst das Pil Pil, oder?
9: 47

Fabio an Francesca
Was sonst? Du weißt, ich bin besessen von diesem Gericht, also sag schon.
9:48

Francesca an Fabio
Nicht schlecht, würde ich sagen, aber ich weiß nicht, ob ich ganz zufrieden sein kann … Du hattest recht, Pil Pil zu machen ist wirklich nicht einfach.
9:50

Fabio an Francesca
Bist du denn wenigstens ein bisschen zufrieden? Was haben die Gäste gesagt?
9:52

Francesca an Fabio
Sie waren begeistert, ich aber weniger, ich glaube, ich muss noch üben. Bei ein paar Sachen war ich unsicher. Ich schreibe dir später, ja?
9:53

Fabio an Francesca
Okay.
9:54

Von: f.frigerio@beniculturali.it
An: fabio.colucci@raildesign.it
Betreff: Bericht über Pil Pil
10. Juni 2017, 22:15

Lieber Fabio alias Maria,
danke, dass du mich in die Geheimnisse des Baccalà eingeweiht und mich ermutigt hast, dieses neue kulinarische Abenteuer anzutreten (von anderen Abenteuern will ich gar nichts hören – hahaha). Der Baccalà hat wirklich viele Vorzüge, er ist nicht teuer, die Zubereitungszeit ist nicht lang, er ist gesund, er ist ein sinnliches Vergnügen (erinnerst du dich noch an unser Gespräch über die sinnliche Küche, das wir im Winter hatten, oder besser gesagt, das ich mit Maria hatte?)

Wie ich schon sagte, ich habe deine Herausforderung angenommen (einer Köchin zu sagen, ein Gericht sei zu schwierig für sie, ist eine Herausforderung, oder?), und am Sonntag drehte sich bei dem Menü alles um den Baccalà: Carpaccio als Vorspeise und Pil Pil als Hauptgericht. Ich glaube, es ist alles ganz gut gelungen, sieh dir das Foto im Anhang an. Meiner Meinung nach war die Mousse aber nicht gut emulgiert, nach deiner Beschreibung hätte sie etwas mehr wie eine Mayonnaise sein müssen, aber meine war etwas zu flüssig, zu ölig. Ich sehe, die Technik ist schwierig, und man muss darin geübt sein, aber ich würde gern wissen, ob ich irgendetwas falsch gemacht habe. Deshalb hier ein paar Fragen.

Der kritische Moment ist das Hin-und-her-rutschen-lassen des Fischs in der Pfanne. Mich haben am Samstagabend beim Kochen Zweifel gepackt:

1. Welche Art Pfanne benutzt du, und aus welchem Material? Aluminium? Beschichtet? Montalbán spricht von einem Tongefäß, aber wo soll man heute einen Topf aus Ton finden? (Meine Oma hatte einen und hat ihn mir geschenkt, aber der Griff ist abgebrochen und jetzt ist er nur noch eine Schüssel).

Zudem kann man nicht sehr viel Pil Pil auf einmal machen, wie viele Filets kann man gleichzeitig braten? Ich habe jeweils nur zwei genommen, aber das ist ja nicht sehr praktisch, wenn man zehn Personen zu Gast hat.

2. Die Flamme: Ich habe festgestellt, dass sich die Emulsion nicht bildet, wenn das Feuer zu schwach ist, also muss es stark sein, ist das richtig?

3. Die Hin-und-her-Bewegung ist ein ziemliches Geheimnis. Muss man aufpassen, dass man den Fisch nicht zu lange schwenkt? Könnte die Sauce gerinnen wie eine Mayonnaise?

Was meinst du?

Francesca

PS: Fabio, ich kann nicht anders, als zwei Dinge zu bemerken, das erste mit Freude, das zweite mit Staunen. Fangen wir bei der Freude an: Du hast den bürokratischen Ton deiner Briefe weitgehend abgelegt, und bist wieder lockerer geworden, bravo! Aber das reicht mir nicht (und hiermit kommen wir zum zweiten Punkt). Wenn ich meinen Posteingang durchschaue, sehe ich, dass Maria mir jeden Tag eine Mail geschrieben hat – und dazu noch die ganzen SMS. Du bist offenbar weniger verschwenderisch mit deinen Worten, schon fast ein wenig knauserig, würde ich sagen. Ich dachte, ihr seid ein und dieselbe Person – wie kommt es also zu diesem Unterschied? Warum erzählst du nicht ein bisschen von dir und schreibst mir, wie es dir geht?

Von: fabio.colucci@raildesign.it
An: f.frigerio@beniculturali.it
Betreff: Re: Bericht über Pil Pil
10. Juni 2017, 23:00

Liebe Francesca,
gleich zu deiner ersten Frage: Ich benutze eine große Pfanne aus Aluminium ohne Beschichtung. Ich habe alles ausprobiert – auch einen Tontopf, wie Montalbán ihn empfiehlt, ich bin damit aber nicht gut klargekommen. Die Haut nämlich emulgierte nicht, sondern setzte an, und da ein Tontopf dreimal so viel wiegt wie eine Pfanne, ist zudem die Hin-und-Her-Bewegung mühsam (ich bin kein Hüne, vielleicht hast du das in den paar Minuten, die wir uns gesehen haben, bemerkt). Ich habe auch schon eine Pfanne mit Beschichtung benutzt, und auch das hat funktioniert. Der Durchmesser der Pfanne kann groß sein, entsprechend der Menge der Stücke, die du auf einmal zubereiten willst, je nachdem, wie viel Kraft du in den Armen hast. Ich mache nie mehr als acht Stücke auf einmal.

Was du zu der Flamme sagst, ist richtig. Nicht mehr als halbe Hitze. Wenn das Öl ein bisschen schäumt, merkt man, dass die Sache funktioniert.

Zur Bewegung: Ich bewege die Pfanne nur vor und zurück, halte ab und zu inne, um etwas Öl hinzuzufügen oder … einen

Schluck Aperitif zu trinken. Die Emulsion kann tatsächlich gerinnen, aber sie ist nicht so instabil wie Mayonnaise. Mir ist das nur einmal passiert, und das war schrecklich: Das Öl teilt sich dann vom Fischfett und bildet kleine Inseln, die sich nicht mehr mit der anderen Flüssigkeit verbinden. So wird die Sauce am Ende dick und klumpig. Damals war ich bei einer Freundin und kochte für ihre Freunde, Leute, die nicht besonders anspruchsvoll beim Essen sind. Sie waren begeistert und haben meine Verzweiflung gar nicht bemerkt. Ich weiß also, wie es sich anfühlt. Da zwei der Gäste zu spät kamen und ich mit der Vorbereitung fertig war, habe ich beim Hin und Her zu viel Öl dazugegeben und so die Sauce überladen. Die Moral: Verwende nie alles Öl, das du zum Braten gebraucht hast, es wird einfach zu viel.

Wie es mir geht? Danke, so einigermaßen. Gestern habe ich Amatriciana gekocht, die ein bisschen fad und zu trocken schmeckten, das hat mich sehr geärgert.

Ciao, Francesca

Fabio

Francesca an Fabio
Ciao, Fabio, vielen Dank für deine Mail! Etwas daran überzeugt mich aber nicht.
23:35

Fabio an Francesca
Was denn?
23:35

Francesca an Fabio
Sie war zu lang. Ich schreibe dir morgen.
23:36

Fabio an Francesca
Muss ich mir Sorgen machen?
23:37

Von: f.frigerio@beniculturali.it
An: fabio.colucci@raildesign.it
Betreff: Die Sache, die mich nicht überzeugt
11. Juni 2017, 23:00

Lieber Fabio,
obwohl deine Prosa inzwischen lockerer geworden ist, ist doch deutlich zu spüren, dass du mir immer noch ausweichst und das Kochen als Schutzschild verwendest. Als du noch vorgegeben hast, Maria zu sein, waren unsere Briefe irgendwie vertraulicher. Ich habe dir viel von mir erzählt, sogar zu viel. Aus Gründen, die mir selbst nicht ganz klar sind, habe ich dir einen Teil von mir offenbart, den selbst meine besten Freundinnen nicht kennen. Deshalb denke ich, dass du mir in gewisser Weise etwas schuldig bist, und deshalb bitte ich dich auch, mir ehrlich zu sagen, was dich betrübt (du weißt ja wohl, dass eine zu trockene Amatriciana ein klares Zeichen für etwas anderes ist). Erzähl mir also etwas Persönliches von dir, d. h. von dem Mann, der so gut darin war, meine Freundin Maria zu sein, dass ich ihr manchmal jetzt noch nachweine. Fabio, los, erzähl mir von dir! Und damit meine ich kein neues Rezept.
Francesca

Von: fabio.colucci@raildesign.it
An: f.frigerio@beniculturali.it
Betreff: Du hast es so gewollt
11. Juni 2017, 23:34

Liebe Francesca,
weder verstecke ich mich, noch habe ich das Gefühl, von dir für meine Lügen verurteilt zu werden. Ich weiß nur noch immer nicht, wie die Beziehung zu dir jetzt aussehen soll. Ich habe es gerade nicht leicht, es gibt viel nachzudenken, und ich glaube, es könnte interessant sein, das gemeinsam zu tun, ich weiß aber nicht, wie. Mir scheint, dass wir uns auch unter den neuen Gegebenheiten gut verstehen würden. Als ich Maria war, war unsere Beziehung unkompliziert und inspirierend. Weißt du, warum? Eben weil ich Maria war. Wenn ich darüber nachdenke, komme ich zu dem Schluss, dass ich mich als Maria fühlte wie in einer sicheren Blase, in der ich entspannter war. Ich saß geschützt hinter meinem Bildschirm, du kanntest mich nicht wirklich, ich war eine »Frau« und genoss beim Schreiben eine angenehme Freiheit, die auch dir offenbar positiv aufgefallen ist. Die Geschichte mit der falschen Identität hat mich zugegebenermaßen fasziniert. Du weißt ja, wie Männer sind, wenn sie der Realität entfliehen können (denk an Peter Pan, an Siddharta … aber bitte nicht an Don Giovanni!).

Dann habe ich dich in der Osteria in Prati gesehen.

Versteh mich bitte nicht falsch. Dieses Versteckspiel hätte ja auf Dauer sowieso nicht weitergehen können. So gut kenne ich dich – du hättest immer wieder darauf gedrungen, mich zu treffen, wenn du in Rom oder ich in Mailand gewesen wäre, und so bin ich einerseits froh, dass der ganze Betrug an dem Abend in der Osteria aufgeflogen ist und du jetzt als Gesprächspartner mich hast – und nicht mehr Maria.

Andererseits bin aber nicht mehr so unbefangen wie früher – zumindest im Moment nicht. Ich würde sagen, zwischen uns hat sich eine gewisse Unsicherheit eingeschlichen und auch, ich räume es gern ein, eine große Verlegenheit (ich spreche hier nur für mich – du scheinst immer noch die zu sein, die mit Maria korrespondierte). Für mich ist es aber so: Ich bin etwas altmodisch und muss eine neue Ebene finden, wie ich mit dir umgehen kann – jetzt, wo ich ein Mann bin und du eine Frau (eine sehr attraktive dazu, und das macht die Lage ziemlich kompliziert, muss ich zugeben). Dass du dich immer noch für mich interessierst, finde ich sehr nett und großzügig von dir, und deshalb will ich – wenn auch du das wirklich willst – gerne von mir erzählen und von den Schwierigkeiten, die ich gerade habe. Aber vielleicht wäre es einfacher, wenn wir uns dazu wirklich mal treffen und von Angesicht zu Angesicht reden könnten, oder?

Wir können uns aber auch für immer über Kochrezepte austauschen.

Ciao, ciao
Fabio

Francesca an Fabio
Mittelmaß ist dir fremd, oder?
00:01

Fabio an Francesca
In welcher Hinsicht?
00:01

Francesca an Fabio
In der Hinsicht, dass ich dachte, du willst einer Brieffreundin ein wenig von deinem Stress erzählen, und du stattdessen versuchst, mit mir zu flirten. Du hast vielleicht Humor, mein Lieber!
00:03

Fabio an Francesca
Und du nimmst mich nicht ernst, meine Liebe.
00:04

Francesca an Fabio
Aber ja doch! Übrigens, statt von deinen Schwierigkeiten zu sprechen, genieß lieber ein schönes Stück Kuchen. Nicht irgendeinen, sondern den, von dem ich nachts träume. Eine Art Schwarzwälder Kirschtorte, die ich als Kind zu jedem Geburtstag bekommen habe, ohne Sauerkirschen, dafür mit einer Füllung aus Schokolade und einer Schicht Schokoladenflocken obendrauf. Irgendwann hat leider die Konditorei zugemacht, und ich habe den Kuchen nirgendwo mehr gefunden. So muss ich mich am 15. Juli immer mit einer langweiligen Obsttorte begnügen.
00:08

Fabio an Francesca
Gegen trübe Gedanken kann auch ein Sahnebaiser helfen, oder? Mir scheint nämlich, dass deine Schwarzwälder Kirschtorte ohne Kirschen nicht mal in Rom zu finden wäre.
00:11

Francesca an Fabio
Aber natürlich! Gute Nacht! (Es ist schon sehr spät!) Danke, dass du mich ein bisschen attraktiv findest.
00:12

Fabio an Francesca
Keine Ursache. Das war übrigens das erste Mal, dass wir beide über Süßes geredet haben. Schick mir das Rezept für die Torte, man weiß ja nie …
00:13

Francesca an Fabio
Ich schicke es dir per Mail, aber erst morgen, weil ich jetzt zu müde bin. Wenn du eine auftreiben könntest, sterbe ich vor Neid. In einem Monat habe ich Geburtstag, und in Mailand gibt es keine einzige Konditorei, die so etwas für mich machen würde. Sie sagen, so eine Torte sei völlig aus der Mode. Ich könnte sie mir ja auch selbst backen – aber wo wäre dann die Überraschung und die Freude, sie morgens wie von Zauberhand auf dem Geburtstagstisch vorzufinden.
00:15

Von: f.frigerio@beniculturali.it
An: fabio.colucci@raildesign.it
Betreff: Die Schwarzwälder Kirschtorte meiner Träume
12. Juni 2017, 11:23

Die Schwarzwälder Kirschtorte ist ein Klassiker der altmodischen Konditorei (deshalb wollen die neuen Cake-Designer sie auch nicht mehr machen). Ein Triumph aus Schokolade und Sahne. Eigentlich gehören dazu auch Sauerkirschen, aber weil ich die nicht mag, waren nie welche in meiner Geburtstagstorte. Grundlage ist Schokolade, und für die Füllung nimmt man Schlagsahne, aber in meiner Variante ist sie dunkel, weil Kakaopulver drin ist. Der Rand und die Oberfläche sind mit Schokoladenflocken verziert: die pure Lust.

Beginnen wir mit dem Boden aus Schokolade: 140 g Schokolade in einer Schüssel im Wasserbad schmelzen lassen, 75 g Butter dazugeben und alles vermischen. 6 Eigelb mit 90 g Zucker schaumig schlagen, dann die Schokoladenmischung hineingeben, 100 g Mehl dazugeben, 50 g Mondamin und eine Tüte Backpulver. Das Eiweiß zu Schnee schlagen, nach und nach 90 g Zucker hinzugeben, wenn die Masse weiß und schaumig ist. Dann vorsichtig die Schokoladenmasse unter das Eiweiß ziehen. Den Teig in eine gebutterte Form von 24 cm Durchmesser füllen und mit einem Spatel glätten. Den Ofen vorheizen. Bei 180 Grad 50 Minuten backen (oder mit Umluft bei 160 Grad 40 Minuten). Nach dem Backen den Teig 5 Minuten ruhen und abkühlen lassen. Danach den Kuchen in drei gleich dicke Scheiben schneiden (man braucht dazu eine sichere Hand und ein scharfes Messer). Dann gibt man ein bisschen Kirschwasser darauf oder Rum mit Zucker (ich mag die zweite Variante lieber). Für die Kakao-Sahne braucht man einen Liter frische Sahne, 100 g Puderzucker und 50 g Kakao. Mit dieser Creme die Torte füllen, Schicht um Schicht, dann die Oberfläche und die Seiten damit bestreichen.

Für die Schokoflocken von einer Tafel Schokolade von 200 g mit einem Kartoffelschäler die Flocken abhobeln. Damit die Seiten und die Oberfläche der Torte abdecken, und zwar reichlich. Dann musst du nur noch der Versuchung widerstehen, die Torte sofort zu essen: Erst nach einer halben Stunde im Kühlschrank ist sie richtig gut.

Ciao!

Francesca

Fabio an Nicola
Nicola, entschuldige, wenn ich auf Whatsapp schreibe, aber ich brauche deine Hilfe!
14:45

Nicola an Fabio
Was gibt's?
14:46

Fabio an Nicola
Kennst du eine Konditorei, in der es noch ganz altmodische Torten gibt?
14:47

Nicola an Fabio
Was denn für eine?
14:48

Fabio an Nicola
Ich habe sie noch nie gegessen. Sie heißt Schwarzwälder Kirschtorte, aber die, die ich haben möchte, ist ein bisschen anders als nach ursprünglichem Rezept.
14:50

Nicola an Fabio
Das ist ein Klassiker, aber nicht einfach zu finden, weil heutzutage Torten mit allen möglichen Aufbauten in Mode sind. In welcher Hinsicht denn anders?
14:52

Fabio an Nicola
Ich schicke dir das Rezept von einer Freundin.
14:53

Nicola an Fabio
Ich hab's gelesen, eine Orgie von Schokolade und Sahne, nicht schlecht. Versuch es mal beim Maître Patissier Hassler in der Via Mazzini, gleich bei dir in der Nähe. Wenn du willst, rufe ich ihn an und frage ihn, ob er eine Schwarzwälder Kirschtorte machen kann, und bringe euch in Kontakt.
15:00

Fabio an Nicola
Sehr gut, Nicola, danke. Wie gut, dass es dich gibt!
15:01

Nicola an Fabio
Aber gerne. Für wann brauchst du die Torte denn? Und wie groß soll sie sein?
15:02

Fabio an Nicola
Es eilt nicht, wir haben mehr als einen Monat Zeit. Ich will sie einer Freundin zum Geburtstag schenken. Und sie müsste auf jeden Fall für zehn Personen reichen. Lass mich wissen, was es kostet. Aber könnte er mir vielleicht vorab eine kleine für heute oder morgen machen? Ich muss sie unbedingt vorher selbst probieren.
15:03

Nicola an Fabio
Okay, ich ruf ihn an.
15:03

Von: fabio.colucci@raildesign.it
An: mario.bertocchi@rfi.it
Betreff: Linie Bussolengo–Gallarate
13. Juni 2017, 8:21

Sehr geehrter Herr Bertocchi,
ich würde mich gern mit Ihnen treffen, um noch ein paar wichtige Details zum oben genannten Projekt zu besprechen. Da ich in den folgenden Wochen in Mailand sein werde, schlage ich Ihnen ein Treffen am 15. Juli gegen 15 Uhr vor.

Danke
Fabio Colucci

Senior Partner
Rail Design GmbH
Via Salaria 783
00165 Rom

Von: mario.bertocchi@rfi.it
An: fabio.colucci@raildesign.it
Betreff: Re: Linie Bussolengo–Gallarate
13. Juni 2017, 12:33

Guten Tag, Herr Colucci,
gerne bestätige ich Ihnen hiermit den Termin am 15. Juli um 15 Uhr in unserem Büro.

Mit den besten Grüßen
Mario Bertocchi

Agnello caramellato

Karamellisiertes Lamm

Von: fondazioneanacleti@fondazionebibliofila.com
An: f.frigerio@beniculturali.it
Betreff: Treffen in Rom
13. Juli 2017, 8:34

Liebe Frau Doktor Frigerio,
etwa drei Monate nach unserer Begegnung anlässlich des Seminars »Scriptorium gestern, heute und morgen« schreibe ich Ihnen, um Sie im Namen des Vorsitzenden in die Villa Torrani einzuladen. Der Senator bittet Sie zu einem Treffen für ein erstes informelles Gespräch im Hinblick auf eine ständige Zusammenarbeit mit der Stiftung. Die Position des Direktors ist im Moment vakant, und wir würden uns freuen, wenn Sie es in Erwägung zögen, enger mit uns zusammenzuarbeiten.

Wenn es Ihnen passt, würden wir Sie sehr gerne am Freitag, den 21. Juli nach Rom einladen, um alles Weitere persönlich zu besprechen.

Mit der Bitte um eine baldige Antwort und herzlichen Grüßen

Samuele Fagiani

Generalsekretär der Fondazione Bibliofila Anacleti

Francesca an Carlo
Carlo, es gibt Neuigkeiten, ich muss mit dir sprechen!
12:00

Carlo an Francesca
Heute Abend beim Essen?
12:01

Francesca an Carlo
Jetzt gleich, wenn du kannst. Ich bin ziemlich aufgeregt.
12:01

Carlo an Francesca
Liebling, ich bin gerade total im Stress. Ich rufe dich in einer Minute zurück, ja?
12:02

Francesca an Carlo
Carlo? Lebst du noch?
15:32

Carlo an Francesca
Ja, ich habe dir doch gesagt, dass ich im Stress bin.
15:33

Francesca an Carlo
Du hattest auch gesagt, du rufst mich in einer Minute an. Ich brauche einen Rat.
15:34

Carlo an Francesca
Okay, schieß los, wenn es nicht bis heute Abend warten kann.
15:35

Francesca an Carlo
Die Anacleti-Stiftung hat mir geschrieben, ich soll am 21. nach Rom kommen.
15:36

Carlo an Francesca
Das ist ja großartig! Wo ist das Problem? Wir rufen deine Mutter an, und sie kümmert sich um die Kinder.
15:37

Francesca an Carlo
Dass du meine Mutter in Zusammenhang mit der Versorgung der Kinder bringst, macht mir Sorgen. Aber das ist ein anderes Thema, darüber reden wir später. Die Stiftung will mich treffen, um mir ein Jobangebot zu machen.
15:39

Carlo an Francesca
Wie wunderbar! Das wolltest du doch immer! Eine echte Veränderung. Und endlich eine angemessene Anerkennung deiner beruflichen Fähigkeiten.
15:40

Francesca an Carlo
Aber die Stiftung ist in Rom! Da kann ich doch nicht einfach zusagen?
15:41

Carlo an Francesca
Du heiratest sie doch nicht gleich. Fahr erst mal hin und hör dir an, was sie anzubieten haben. Vielleicht bist du ja von ihrem Angebot am Ende gar nicht überzeugt.
15:42

Francesca an Carlo
Und wenn sie mir ein Angebot machen, das ich nicht ablehnen kann?
15:45

Carlo an Francesca
Dann muss es schon ein exzellentes Angebot sein. Nicht nur für dich, für uns alle. Dann sprechen wir drüber. Aber für den Moment fährst du ja erst mal nur zu einem Gespräch, also kein Grund zur Panik (und ich bin natürlich sehr stolz auf dich).
15:47

Francesca an Carlo
Okay, ich beruhige mich. Und fange schon mal an, meine Mutter zu bearbeiten.
15:48

Carlo an Francesca
Viel Glück!
15:49

Francesca an Mama
Mama, kannst du die Kinder nächste Woche vielleicht mit ans Meer nehmen? Ich muss beruflich weg.
16:08

Mama an Francesca
Ich nehme sie gerne mit nach Camogli. Ich verstehe sowieso nicht, warum du sie bei der Hitze in Mailand lässt.
16:09

Francesca an Mama
Darf ich dich demütig daran erinnern, dass du gesagt hast: »Das Haus ist klein, das Meer widerlich, und ich habe schon Tante Gilda eingeladen. Wie soll ich da noch auf deine Kinder aufpassen?«
16:10

Mama an Francesca
So was habe ich nie gesagt. Immer drehst du mir das Wort im Mund herum. Das ist nicht besonders nett! Darf ich wissen, warum du verreisen musst?
16:13

Francesca an Mama
Ich muss wegen der Anacleti-Stiftung nach Rom. Erinnerst du dich? Die haben mich schon im März und April eingeladen. Sie wollen mir einen Job anbieten.
16:15

Mama an Francesca
Einen Job? Du hast doch schon einen Job. Was willst du denn in Rom, wenn deine Familie hier ist? Und was sagt Carlo dazu?
16:16

Francesca an Mama
Ja Mama, das habe ich mir alles auch schon überlegt. Aber ich höre mit ihren Vorschlag einfach mal an. Carlo hat mir gesagt, dass ich die Einladung annehmen soll. Ich heirate die ja nicht gleich!
16:17

Mama an Francesca
Natürlich heiratest du sie nicht, du bist ja schon verheiratet. Also wirklich, ich kann diese Karrierefrauen nicht verstehen.
16:18

Francesca an Mama
Na schön, Mama. Wir sprechen uns noch wegen der Kinder. Danke.
16:19

Fabio an Gianni
Ich glaube, ich stehe kurz davor, eine große Dummheit zu begehen.
19:40

Gianni an Fabio
Schon wieder? Lass mich raten: eine Koch-Show in der Wüste?
19:45

Fabio an Gianni
Nein! Morgen früh um sechs fahre ich mit dem Frecciarossa nach Mailand.
19:46

Gianni an Fabio
Oje! Immer noch dieselbe Geschichte?
19:46

Fabio an Gianni
Ich habe um drei eine Besprechung, aber vorher muss ich eine Geburtstagstorte zustellen.
Ja, für sie.
19:50

Fabio an Gianni
Zustellen? Nennt man das jetzt so?
19:52

Fabio an Gianni
Ich gebe sie im Büro ab. Anonym. Ich treffe sie gar nicht.
19:53

Gianni an Fabio
Ganz schön clever! Das wird ihr gefallen.
19:54

Luz an Francesca
Herzlichen Glückwunsch, liebe Freundin. Du arbeitest heute nicht, stimmt's?
11:15

Francesca an Luz
Natürlich arbeite ich! Aber ich will auch ein bisschen feiern. Du kannst dir nicht vorstellen, was passiert ist.
11:16

Luz an Francesca
Was denn?
11:16

Francesca an Luz
Jemand hat eben meine Lieblingstorte in der Bibliothek abgeliefert! Eine Art Schwarzwälder Kirsch. Ein Gedicht aus Schokolade und Sahne. Seit Jahren träume ich davon, sie noch mal zum Geburtstag zu bekommen. Ich versuche, die Kollegen im Zaum zu halten, damit morgen noch ein Stück übrig ist.
11:20

Luz an Francesca
Schwarzwälder Kirsch! Wow! Carlo ist wirklich ein Schatz!
11:21

Francesca na Luz
Na ja, sie stammt nicht von Carlo. Die Schachtel kommt aus einer Konditorei in Rom …
11:22

Luz an Francesca
Oha! Etwa von Maria? Sie ist eben eine echte Freundin, was?! Die hat sich sogar gemerkt, was dir schmeckt. Und der kannst du nicht verzeihen?
11:23

Francesca an Luz
Ich erinnere dich daran, dass Maria ein Mann ist.
11:24

Luz an Francesca
Und ich erinnere dich an das, was Osgood am Ende von *Manche mögen's heiß* sagt: Nobody is perfect!
11:25

Francesca an Luz
Jaja, ich habe ihm doch schon längst verziehen! Und ich werde ihn vielleicht sogar bald noch mal treffen: Ich bin von der Anacleti-Stiftung nach Rom eingeladen worden, sie wollen was mit mir besprechen.
11:26

Luz an Francesca
Warum hast du mir das nicht früher gesagt? Das sind ja gleich zwei gute Neuigkeiten auf einmal. Was ist denn mit der Stiftung? Du hast gar nichts erzählt!
11:27

Francesca an Luz
Ich weiß, ich musste erst mit Carlo darüber sprechen. Es bahnen sich große Veränderungen an.
11:28

Luz an Francesca
Erzähl!
11:29

Francesca an Fabio
Du bist total verrückt!
14: 30

Fabio an Francesca
Wieso?
14:30

Francesca an Fabio
Gestern wurde mir eine Schwarzwälder Kirschtorte in die Bibliothek gebracht. Sie kam aus einer Konditorei in Rom in der Via Mazzini. Die hast du mir geschickt, nicht wahr?!
14:33

Fabio an Francesca
Wie kommst du denn darauf? Bin ich etwa der Einzige, den du in Rom kennst?
14:34

Francesca an Fabio
Jaja, schon gut. Sie war übrigens ganz ausgezeichnet, vielen Dank!
14: 34

Fabio an Francesca
Und hat sie deiner Erinnerung entsprochen?
14:35

Francesca an Fabio
Meiner Erinnerung entsprochen? Jetzt habe ich dich erwischt! Das Objekt meiner Begierde hat seinen Weg also ganz zufällig in die Bibliothek gefunden, ja?
14:36

Fabio an Francesca
Hahaha. Aber war sie so, wie du sie in Erinnerung hattest? Ja oder nein?
14:37

Francesca an Fabio
Ja, das war sie. Und meine Kollegen waren ganz wild darauf. Ich musste sie verteidigen, damit ich mir noch ein Stück mit nach Hause nehmen konnte. Das habe ich heute Morgen zum Kaffee gegessen. Übrigens habe ich auch noch eine kleine Neuigkeit für dich: Ich bin diesen Freitag in Rom, weil ich einen Termin habe. Bist du da?
14:40

Fabio an Francesca
Ja, Freitag bin ich in Rom, wie lange bleibst du denn?
14:41

Francesca an Fabio
Ich komme morgens an, gehe dann zu meinem Gespräch (davon erzähle ich dir noch), und danach habe ich frei. Ich übernachte bei einer Freundin, und am Samstag fahre ich wieder.
14:48

Fabio an Francesca
Und hast du Lust, dass wir uns sehen?
14:49

Francesca an Fabio
Das wäre schön. Ein Treffen unter Freundinnen!
14:50

Fabio an Francesca
Ich freue mich, dass du das sagst. Nein wirklich, ich bin froh, denn schließlich sind wir ja irgendwie noch Freundinnen, oder nicht?
14:51

Francesca an Fabio
Wenn uns jemand hören könnte, würde er uns für verrückt erklären. Also gut. Fabio, ich habe da so eine Idee, aber ich weiß nicht so recht …
14:53

Fabio an Francesca
Schieß schon los!
14:54

Francesca an Fabio
Was würdest du davon halten, wenn wir etwas zusammen kochen?
14:55

Fabio an Francesca
Das fände ich ganz wunderbar. Komm zu mir, ich habe eine gut ausgestattete Küche. Was mir als Erstes in den Sinn kommt, wäre dein fabelhaftes Pesto. Ich würde gern dazu meinen neuen Mörser benutzen, um vom Meister zu lernen. Oder besser gesagt: von der Meisterin.
14:57

Francesca an Fabio
Was mir als Erstes in den Sinn kommt, ist dein Pil Pil. Ich würde gern sehen, wie du es machst, und es dann selbst ausprobieren.
14:58

Fabio an Francesca
Soll ich noch einen Freund einladen, und möchtest du vielleicht deine Freundin mitbringen?
14:59

Francesca an Fabio
Klar, super Idee. Ich bringe meine Freundin mit. Sie sieht sehr gut aus. Vielleicht gefällt sie dir sogar …
15:00

Fabio an Francesca
Kochen wir doch gleich für acht bis zehn Personen, wie du es sonst immer machst! Mir scheint, das wird ein kulinarisches Großereignis: Endlich kochen die beiden Freundinnen Signoramia und Signoramia zusammen. Deinen Worten entnehme

ich, dass deine Freundin Single ist, aber ich bin nicht der Typ, der jeder Singlefrau, die er trifft, nachrennt. Da hast du ganz falsche Vorstellungen.
15:02

Francesca an Fabio
Na gut. Für das Abendessen schlage ich ein klassisches Menü vor: Vorspeise, erster Gang, zweiter Gang.
15:03

Fabio an Francesca
Und was soll es geben?
15:04

Francesca an Fabio
Gefüllte Sardellen, Spaghetti mit Pesto, Pil Pil. Was meinst du?
15:05

Fabio an Francesca
Vielleicht gefüllte Sardinen als Vorspeise? Der Rest ist gut so.
15:06

Francesca an Fabio
Gefüllte Sardinen, sicher nicht einfach, aber interessant! Und vielleicht können wir neben Spaghetti auch noch Gnocchi machen? Mit Pesto schmecken sie sehr gut, sie nehmen die Sauce ganz anders auf als Pasta. Das wäre doch eine gute Idee.
15:07

Fabio an Francesca
Wenn du den ganzen Nachmittag in der Küche stehen willst, bin ich dabei. Dafür müsste ich aber einen halben Tag Urlaub nehmen!
15:09

Francesca an Fabio
Ach, Maria … Dann nimm dir doch den halben Tag!
15:09

Fabio an Francesca
Du hast ja recht, so machen wir es. Vor der Arbeit gehe ich noch rasch einkaufen, packe alles in den Kühlschrank, tue dann so, als wäre ich in der Lage, mich auf meine Arbeit zu konzentrieren, und am frühen Nachmittag komme ich nach Hause, und wir kochen. Wann hast du denn deinen Termin?
15:10

Francesca an Fabio
Um 12:00. Bis 14:00 Uhr bin ich sicher fertig. Ich sehe diesen Trip als Kurzurlaub, den habe ich mir auch mal verdient. Ein ganzer Nachmittag ohne Bibliothek, Kinder, Ehemann, Ballettschule, Mutter … Einfach nur zwei Freundinnen, die zusammen was Schönes kochen. Oooops – jetzt habe ich schon wieder Freundinnen gesagt!
15:11

Fabio an Francesca
Das macht nichts. Ich fühle mich geschmeichelt!
15:12

Francesca an Fabio
Bilde dir nur nicht zu viel drauf ein!
15:13

Fabio an Francesca
Schon gut, schon gut. Willst du mich doch lieber in der stocktrockenen Variante? Ich freue mich jedenfalls sehr!
15:14

Francesca an Fabio
Ich freue mich auch. Lass uns noch ein bisschen am Menü feilen, ich schreibe dir später eine Mail. Und noch etwas: Gibt es nicht ein Mittelding zwischen Maria und dem Mann mit dem Stock im Arsch?
15:15

Fabio an Francesca
Dazu sage ich jetzt lieber nichts. Ich erwarte deine Mail mit weiteren Vorschlägen. Könnten wir nicht auch noch deinen Bohnenhackbraten machen?
15:16

Francesca an Fabio
Du bist wirklich unersättlich! Wenn wir so weitermachen, haben wir am Ende ein ganzes Bankett! Den Bohnenhack-

braten bin ich dir allerdings schuldig. Lass es uns so machen: Ich bringe ihn schon fertig von zu Hause mit, und du hebst ihn dir für die nächsten Tage auf, dann schmeckt er noch besser (im Kühlschrank hält er sich sicher drei bis vier Tage).
15:18

Fabio an Francesca
Ist er dann nicht ein bisschen labbrig?
15:18

Francesca an Fabio
Bei mir ist gar nichts labbrig, keine Sorge.
15:19

Fabio an Francesca
Francesca?!
15:19

Francesca an Fabio
Ich muss jetzt weiterarbeiten. Bis heute Abend, dann schreibe ich dir.
15:20

Fabio an Francesca
Okay, bis später!
15:21

Von: f.frigerio@beniculturali.it
An: fabio.colucci@raildesign.it
Betreff: Kochen in Rom
16. Juli 2017, 19:20

Lieber Fabio,
ich habe noch mal über das Pil Pil nachgedacht. Wie du schon sagtest, ist das nichts für schwache Mägen, und deine Freunde kennen es sicher auch schon von dir, stimmt's? Ich würde es deswegen so machen:

Zwei erste Gänge: Gnocchi mit Miesmuscheln und Safran (kannst du Gnocchi aus Kartoffeln machen?) und Spaghetti mit Pesto aus dem Mörser. Zu den Muscheln: Maria hat mir mal verraten, dass ihre Lieblingsmuscheln Bartmuscheln sind. Ich möchte sie unbedingt probieren.

Zweiter Gang: Karamellisiertes Lamm mit Zitrusfrüchten.

Dessert: (Daran hatten wir noch gar nicht gedacht!)

Da du den Einkauf machst, könnte ich mich um den Wein kümmern. Ich habe auch schon eine Idee: Zu den Vorspeisen Perlwein, zum zweiten Gang sommerlichen Rotwein – ich denke da an einen Beaujolais (aber nicht den Beaujolais primeur!), Lamm ist ein provenzalisches Gericht …

Was meinst du dazu? Den Bohnenhackbraten bekommst du für deinen einsamen Sonntagabend, es sei denn, du bist dann schon mit meiner Freundin Susanna verlobt.

Ciao
Francesca

PS: Ach, noch etwas: Es wäre wirklich hilfreich, wenn ich deine Adresse bekommen könnte. In welchem Viertel wohnst du?

Von: fabiocolucci@raildesign.it
An: f.frigerio@beniculturali.it
Betreff: Kochen in Rom
16. Juli 2017, 20:30

Liebe Francesca,
ich bin mit allem einverstanden, außer mit zwei Dingen: Den Wein besorge ich, ich bin ein großer Freund von Perlweinen: kühlen Franciaforte zum Pesto, Champagner zu den Gnocchi. Als Rotwein ist ein Beaujolais zum provenzalischen Lamm perfekt. Ich habe einen im Keller, der genau passt. Er hat auch einen schönen Namen: Moulin à Vent, ich bin sicher, dass du ihn mögen wirst.

Wenn du mir den Bohnenbraten mitbringst, ist das natürlich das schönste Gastgeschenk.

Die zweite Sache, mit der ich nicht so ganz einverstanden bin, ist, wie du mir deine Freundin Susanna anpreist. Ich bin wirklich nicht der Typ Mann für ein blind date – auch wenn ich damit so meine Erfahrungen gemacht habe. Außerdem drehe ich nicht gleich durch, wenn ich eine attraktive Frau sehe. Das kannst du mir jetzt glauben oder auch nicht. Aber wenn ich mit einer Frau etwas anfange, muss ich schon ein bisschen verliebt sein, sonst wird nichts daraus. Findest du das so seltsam?

Ach ja, ich wohne in der Via Massafra 22, in der Nähe der Piazzale Clodio. Und mein Büro ist gleich nebendran in der Hausnummer 16.

F

PS: Ich wusste, dass die Bartmuscheln dir keine Ruhe lassen würden. Man findet sie aber nur in Tarent in Apulien. Deshalb gibt es leider nur einfache Miesmuscheln.

Fabio an Gianni
Hast du am Freitag Zeit?
22:08

Gianni an Fabio
Ich habe nichts vor, würde aber lieber zu Hause bleiben. Ich habe mir den Rücken verrenkt … Warum fragst du?
22:09

Fabio an Gianni
Nichts Besonderes. Ich wollte dich nur zum Essen einladen.
22:10

Gianni an Fabio
Vielen Dank, vielleicht nächste Woche.
22:11

Fabio an Gianni
Ich werde zusammen mit Francesca ein paar schöne Sachen kochen.
22:12

Gianni an Fabio
Was?! Francesca, die Mailänderin?
22:13

Fabio an Gianni
Genau die.
22:13

Gianni an Fabio
Das hättest du doch gleich sagen können. Wann soll ich da sein? Soll ich Nachtisch mitbringen? Diese Frau möchte ich um nichts auf der Welt verpassen. Ich bin schon gespannt wie ein Flitzebogen!
22:14

Fabio an Gianni
Versprich mir bitte, dass du keine anzüglichen Bemerkungen machst. Wir sind Freunde – vergiss das bitte nicht.
22:15

Gianni an Fabio
Ja, schon klar! Bleib locker, Mann!
22:16

Fabio an Gianni
Ich werde auch Guendalina einladen, aber noch mal zum Mitschreiben: Ihr macht keine Anspielungen, keine Witzchen, keine ironischen Bemerkungen …
22:17

Giani an Fabio
Nein, nein. Wir werden uns ganz vorbildlich benehmen und nur vom Wetter und Handyverträgen reden.
22:18

Fabio an Gianni
Gut. Möchtest du Cristina mitbringen?
22:19

Gianni an Fabio
Sara, sie heißt Sara.
22:20

Fabio an Gianni
Bist du sicher, dass sie so heißt? Also, kommt ihr zu zweit?
22:21

Gianni an Fabio
Ja, ich komme mit Sara. SARA. Und mit Valentina (nicht Cristina!) bin ich EINMAL ausgegangen, und zwar vor einem Monat.
22:22

Gianni an Guendalina
Guenda, breaking news!
23:08

Guendalina an Gianni
Ich weiß schon, Fabio hat mich gerade angerufen. Die Superfrau aus Mailand ist im Anflug!
23:09

Gianni an Guendalina
Das wird sicher lustig.
23:10

Guendalina an Gianni
Besser, wir machen keinen Unsinn. Fabio ist jetzt schon ganz nervös.
23:11

Gianni an Guendalina
Ach, komm. So ein kleines bisschen Spaß wird doch nicht verboten sein. Eine kleine Anspielung auf seine Zeit als Maria? Oder ein schönes Zitat aus *Tootsie*, mal eben kurz eingeflochten?
23:12

Guendalina an Gianni
Ich gebe zu, der Gedanke ist verlockend, da kann man kaum widerstehen.
23:13

Gianni an Guendalina
Sag ich doch! Wir sehen uns am Freitag!
23:14

Francesca an Fabio
Ciao, Fabio, ich bin jetzt in Rom, gleich habe ich mein Gespräch. Drück mir die Daumen (auch wenn ich eigentlich gar nicht weiß, wofür).
10:00

Fabio an Francesca
Alles Gute! Klar drücke ich dir die Daumen! Aber warum bist du so aufgeregt? Worum geht es denn überhaupt?
10:04

Francesca an Fabio
Das erzähle ich dir später. Ich ruf dich an, wenn ich hier fertig bin, dann kannst du mir auch sagen, wann du aufhörst zu arbeiten und wann ich zu dir kommen kann.
10:05

Fabio an Francesca
Alles klar. Ich glaube, ich mache nicht mehr allzu lange, und die Zutaten habe ich schon alle zu Hause. Bis später!
10:06

Francesca an Fabio
Ich hab's hinter mir. Es lief sehr gut, würde ich sagen, ich werde dir berichten.
12:35

Fabio an Francesca
Sehr gut! Kommst du dann jetzt? Und wir stoßen auf deinen Erfolg an?
12:36

Francesca an Fabio
Fabio, ich muss dir etwas sagen, ich hoffe, du bist mir nicht böse … Es wird leider nichts mit unserem gemeinsamen Kochen. Der Chef der Stiftung hat mich zu einem Abendessen eingeladen, zusammen mit ein paar Kollegen, und das kann ich unmöglich ablehnen. Die sind alle wahnsinnig freundlich … Du ahnst nicht, wie leid mir das tut! Ich hoffe, du bekommst jetzt meinetwegen keinen Ärger mit deinen Freunden.
12:40

Fabio an Francesca
Oh nein! Das ist wirklich jammerschade! Aber mach dir keine Gedanken, Francesca, dann kochen wir eben ein anderes Mal (auch wenn ich nicht weiß, wann das sein sollte).
12:41

Francesca an Fabio
Ich hoffe, es ist nicht zu schlimm für dich. Es tut mir wirklich furchtbar leid, aber was soll ich machen?
12:42

Fabio an Francesca
Nein, nein, ist doch gar kein Problem. Ich muss nur ein paar Telefonate machen und sage den Abend ab. Versprich mir aber, dass wir ihn irgendwann nachholen werden.
12:43

Francesca an Fabio
Klar, versprochen!
12:44

Fabio an Guendalina
Guenda, Kommando zurück! Es gibt kein Abendessen heute.
12:47

Guendalina an Fabio
Was? Kein Abendessen? Ich war gerade zwei Stunden im Fitnesscenter, um mich auf eine Kalorienbombe vorzubereiten. Du machst Witze, oder?
12:48

Fabio an Guendalina
Leider nein. Wie es aussieht, hat die schöne Mailänderin keine Zeit für mich. Berufliche Verpflichtungen.
12:49

Guendalina an Fabio
Wie jetzt?! Und das sagt sie dir in der letzten Sekunde? Weißt du, was ich glaube? Die Frau rächt sich an dir, und du hast es auch nicht besser verdient, du Idiot!
12:50

Fabio an Guendalina
Das glaube ich nicht. Sie hat mir schon längst verziehen.
12:51

Guendalina an Fabio
Wenn du meinst … Von weiblicher Psyche hast du wirklich keine Ahnung.
12:52

Fabio an Guendalina
Ja, Frau Psychologin, das kann schon sein. Aber ich glaube, es tat ihr aufrichtig leid. Und ich verstehe nicht, warum du so schlecht von ihr denkst.
12:53

Guendalina an Fabio
Weil ich fünfundvierzig Minuten wie ein Hamster über das verdammte Laufband gerannt bin, mehr Gewichte gestemmt habe als Rocky und du mir jetzt erklärst, dass ich keine Belohnung dafür bekomme.
12:55

Luz an Francesca
Und? Hast du mir nichts zu erzählen? Wie war dein Gespräch?
13:30

Francesca an Luz
Es lief super! Sobald ich wieder in Mailand bin, erfährst du mehr. Aber heute Abend hat mich die Stiftung zum Essen eingeladen, und so musste ich Fabio einen Korb geben. Wir wollten eigentlich zusammen kochen und ein paar Freunde einladen.
13:35

Luz an Francesca
Warum hast du ihm denn einen Korb gegeben? Wo bleibt deine Intelligenz! Heute gehst du mit den Leuten von der Stiftung essen, und morgen kochst du mit deiner Maria. Nimm einfach einen späteren Zug.
13:40

Francesca an Luz
Das habe ich auch schon überlegt, aber kann ich Carlo so lange allein lassen?
13:41

Luz an Francesca
Lass ihn ruhig mal ein bisschen allein, den armen Carlo! Ich kümmere mich schon um ihn. Ich koche ihm etwas Schönes, dann merkt er gar nicht, dass du nicht da bist.
13:42

Francesca an Luz
Wenn das so ist, komme ich sofort zurück!
13:43

Luz an Francesca
Wieso denn? Du hast doch gesagt, es bahnen sich große Veränderungen an (hahaha)! Sag ihm, dass du noch länger in Rom bleiben willst. Und keine Sorge, ich bringe ihm allenfalls eine Tortilla vorbei.
13:45

Francesca an Luz
Na schön, ich überleg's mir.
13:46

Fabio an Gianni
Gianni, das Essen heute Abend fällt aus. Francesca kann nun doch nicht kommen.
13:00

Gianni an Fabio
Was? Aber wir können doch trotzdem kommen, oder? Ich habe Sara schon eingeladen.
13:01

Fabio an Gianni
Hieß sie nicht Rossella? Nein, ich mache kein Essen. Mir ist ehrlich gesagt die Lust vergangen.
13:02

Gianni an Fabio
Sie heißt Sara. Ich habe sie dir VORGESTELLT. Was hast du überhaupt für einen melancholischen Ton? Hast du jetzt Depressionen, oder was?
13:05

Fabio an Gianni
Na schön, dann heißt sie eben Sara. Die Sache mit Francesca hat mich völlig aus dem Gleichgewicht gebracht. Ich fürchte, ich habe sie für immer verloren.
13:06

Gianni an Fabio
Meine Güte, bist du weinerlich. Jetzt verstehe ich, warum sie dir einen Korb gegeben hat (denn das hat sie ja wohl): Was du da von dir gibst, klingt nach einer echten Liebesschmonzette. Sicher fährt sie so schnell wie möglich nach Mailand zurück. Und im Ernst – stell dir doch mal so einen Kochabend mit der alten Tante Maria vor. Das klingt wenig verlockend, wenn du mich fragst. Die sucht was anderes. Das habe ich dir von Anfang an gesagt.
13:08

Fabio an Gianni
Nein, so ist es nicht, ich weiß nicht, wie ich es dir erklären soll. Es war immer alles so unwirklich … Und ich dachte, jetzt hätte ich endlich die Gelegenheit, sie ein bisschen besser kennenzulernen, mit ihr zu reden … ist das so krank? Ich hatte den Eindruck, dass sie mich auch kennenlernen wollte. Ich glaube nicht, dass du recht hast und dass sie etwas anderes will. So beknackt bin ich wirklich nicht.
13:10

Gianni an Fabio
Dann sprich mit ihr. Mach es, wie du meinst, Hauptsache, du glaubst daran.
13:11

Francesca an Carlo
Carlo, es ist super gelaufen! Die Stiftung geht auf alle meine Bedingungen ein. Sie haben mich heute Abend zum Essen eingeladen.
13:00

Carlo an Francesca
Na, da ist doch toll. Wenn du nach Hause kommst, stoßen wir auf deinen neuen Job an. Das heißt, erst am Sonntag, denn morgen ist die Preisverleihung des Schachturniers, da geht es nicht … Ich hoffe, es macht dir nichts aus?
13:02

Francesca an Carlo
Hm … nein, Carlo. Dann kann ich ja auch noch einen Tag länger in Rom bleiben, alles entspannt angehen lassen und Sonntagvormittag in aller Ruhe nach Hause kommen.
13:05

Carlo an Francesca
Aber sicher. Du sollst auch mal ein bisschen Zeit für dich haben. Außerdem muss ich dann auch kein schlechtes Gewissen haben. Gute Idee! Wir sehen uns am Sonntag, sag mir, mit welchem Zug du kommst, dann hole ich dich am Bahnhof ab.
13:10

Francesca an Carlo
Danke, ich schreibe dir, wenn ich es weiß.
13:11

Francesca an Fabio
Fabio, bist du zu Hause? Ich muss dir etwas sagen …
10:03

Fabio an Francesca
Ciao, Francesca! Was für eine Überraschung! Wie war das Abendessen? Bist du schon im Zug?
10:04

Francesca an Fabio
Nein, eigentlich nicht.
10:05

Fabio an Francesca
Wo bist du dann?
10:06

Francesca an Fabio
Vor deinem Haus!
10:06

Fabio an Francesca
Was? Aber … ich schaue mal nach draußen. Ich werde verrückt. Du bist es tatsächlich!
10:07

Francesca an Fabio
Ja, ich bin es tatsächlich. Mach mir auf, Fabio! Oder wie lange willst du mich hier noch warten lassen? Weißt du nicht mehr, was die gute Maria sagte? Für die wirklich wichtigen Dinge im Leben sollte man sich immer Zeit nehmen.
10:08

Die goldenen Regeln von Oma Wanda

(Aufgeschrieben von Fabio Colucci in den Jahren, als er bei seiner Oma am Herd stand, ihr zuschaute und das Kochen lernte)

1. BLEIB DABEI

Wenn du etwas Gutes kochen willst, geh nicht aus der Küche. Dort gibt es immer etwas zu tun, da muss man keine Zeit totschlagen. Während du zum Beispiel Tintenfisch auf kretische Art garst, bleib in der Küche, denk an den Fisch, schau nach ihm, ruckel ein bisschen am Kochtopf, verhätschel den Fisch ein bisschen. Wenn ein Freund bei dir in der Küche ist, mit dem du über Gott und die Welt reden kannst, während du die Zwiebeln schneidest, ist das völlig in Ordnung.

2. DU BIST NICHT IN EINER KOCH-SHOW

Du kannst ein bisschen was zu deinen Gerichten sagen. Das ist wichtig. Aber übertreibe es nicht und gib vor allem nicht mit deinen Weinkenntnissen an. Man sollte es nie übertreiben, weder mit Salz und Fett noch mit allzu langen Tischreden.

3. BEFOLGE DIE ZEHNERREGEL

Koche nur Gerichte, die du auch für zehn Leute machen könntest. Lade so viele Freunde ein, wie du willst, aber leg das Hauptaugenmerk nicht auf die Gerichte, sondern auf die Freunde. Ein zu kompliziertes Essen zu kochen, das man nicht auch für zehn Leute machen kann, ohne dass irgendwas schiefgeht, ist anmaßend. Natürlich musst du selbst entscheiden, wie anspruchsvoll deine Rezepte sein sollen, denn das macht ja gerade Spaß.

4. MACH KEINE RELIGION AUS DEM WEIN

Wein ist nichts Heiliges, aber sehr wichtig, um ein Gericht aufzuwerten (oder im negativen Fall zu verderben). Denk immer daran, dass beides, Speise und Wein, gut zusammenpassen müssen. Aber tu nicht zu viel des Guten, und führ dich nicht wie ein Sommelier auf: Wer zum Essen kommt, möchte einen guten Tropfen trinken, aber keine Sprüche über die Blaubeernote eines Weins oder seinen Mineralgehalt hören (im schlimmsten Fall begleitet von Gurgeln oder anderen unangenehmen Geräuschen).

5. VERMEIDE JEDE FORM VON DOGMATISMUS!

Lass dich nicht von Verfechtern absoluter Wahrheit aus der Fassung bringen, wie den Kreuzrittern der Amatriciana, den Paladinen, die nur bestimmte Kombinationen von Weinen und Speisen erlauben (auch ein Rotwein kann zum Fisch passen) oder den Missionaren gesunder Ernährung … Sieh dich immer vor Leuten vor, die nur eine einzige Wahrheit kennen (nämlich ihre eigene). Dies gilt natürlich auch für die goldenen Regeln deiner Oma Wanda.

Danksagungen

Ich danke all meinen Freunden und Freundinnen, die ohne ihr Wissen zu Testpersonen meiner kulinarischen Experimente wurden, die mit dem Schreiben von *Küsse für die Köchin* einhergingen. Es sind sehr viele, aber namentlich danke ich Susanna Macchia, Laura Taccani, Valeria Vantaggi für ihr bedingungsloses und blindes Vertrauen in meine Kochkünste. Ruben Modigliani danke ich, weil er daran glaubte, dass aus einem perfekten Cacio-e-pepe-Rezept eine ganze Geschichte entstehen könnte, und Francesca Pieri, weil sie ihre Pasta jetzt mit demselben Geschick beherrscht wie ihre Worte.

Und natürlich geht mein Dank auch an Francesco Nicchiarelli, meine Signoramia von der ersten Zwiebel in der Pfanne bis zur letzten Minute am Herd, vom ersten bis zum letzten Wort.

Elena

Ich danke meiner Meisterin Wanda Castellani (ja, ebenjener Oma Wanda), die gar nicht weiß, dass sie zur Begründerin einer neuen, exklusiven Sekte von Köchen und Köchinnen wurde. Ich danke auch meiner Beraterin Maria Studer, die mich in die Geheimnisse des Paprikahähnchens, des Ochsenschwanzes und des Lamms eingeweiht hat, sowie meinen Beraterinnen in Sachen Frauengeschichten, meinen Schwestern Federica und Susanna.

Elena Dallorso danke ich dafür, dass sie Geduld und Mühe aufgebracht hat, um eine meiner Hirnhälften neu zu beleben (vielleicht sogar beide?).

Francesco

Beide danken wir Stefano Tettamanti, dass er vierundzwanzig Stunden lang seine außerordentliche Skepsis gegenüber dem geschriebenen Wort vergessen und sich für unsere unglaubwürdige Geschichte vom Kochen und von der Freundschaft aus der Ferne begeistert hat; Ricciarda Barbieri, durch die diese Geschichte erst zu einem richtigen Buch wurde; Giovanna Salvia für ihre Aufmerksamkeit, ihren wunderbaren Sinn für Humor und ihr empathisches Lektorat sowie dem ganzen Verlagshaus Feltrinelli.